天衡五艺

说卷

韩天衡 著

上海书画出版社

图书在版编目（ＣＩＰ）数据

天衡五艺：藏说卷 / 韩天衡著 . －－ 上海：上海书画出版社，
2018.8

ISBN 978-7-5479-1881-4

Ⅰ . ①天… Ⅱ . ①韩… Ⅲ . ①艺术－作品综合集－中国－
现代②艺术评论－中国－文集③艺术品－鉴赏－中国
④艺术品－收藏－中国 Ⅳ . ① J121 ② J052-53

中国版本图书馆 CIP 数据核字 (2018) 第 166293 号

本书出版得到韩天衡美术馆和百乐雅集相关同志支持，特致谢意！

天衡五艺：藏说卷

韩天衡　著

责任编辑	孙　晖　凌云之君　赖　妮　袁　媛
特约审读	韩回之　张炜羽
装帧设计	严克勤
内页设计	杜壹一工作室
技术编辑	顾　杰

出版发行	上海世纪出版集团　上海书画出版社
地址	上海市延安西路593号　200050
网址	www.ewen.co www.shshuhua.com
E-mail	shcpph@163.com
印刷	上海雅昌艺术印刷有限公司
经销	各地新华书店
开本	889×1194　1/16
印张	9.75
版次	2018年8月第1版　2018年8月第1次印刷

书号	ISBN　978-7-5479-1881-4
定价	98.00元

若有印刷、装订质量问题，请与承印厂联系

中国艺坛三绝一通的智者 (代序)

——韩天衡绘画、书法与篆刻赏析

马欣乐

　　韩天衡先生是我最喜欢的当代中国美术家之一，多年来，我对他的艺术一直品读、赏鉴，也常常思考韩天衡在中国现代和当代美术史上为什么占有如此重要的地位。我认为韩天衡是囊括了中国传统绘画、篆刻、书法、美术理论、教育以及鉴藏等几方面而综合形成的一代大家。这次上海书画出版社从绘画、书法、篆刻、文论、藏说五个方面来出版《天衡五艺》，展示一个全方位的韩天衡，力图综合地呈现出韩天衡先生能够成为中国艺术大家的不同时期的一些代表作品，为大家了解韩先生以及中国当代美术发展提供参照。本文就韩天衡先生的绘画、书法与篆刻作些评析。

　　艺术大师的形成不是偶然的，都有规律可循，我们要研究大师如何把传统的东西转化成为自己的滋养，如何把时代精神灌注于其中，最终生成一种独特鲜明的个人风格。我认为韩天衡先生就具备了大师生成不可或缺的几个内在的和外在的因素。

　　首先，韩天衡先生作为一个美术学者，他是从历史的角度来研究中国书画不同时期发展面貌的，从源流和根本上探究中国书画发展的演变规律，同时他也涉略书法、画法画论，这是一种全方位的传统积淀。韩天衡先生在饱览经典、含英咀华的过程中形成了自己的目标。此外，韩先生学习大量古代篆刻，并接触到了很多中国画艺术所没有的方式方法以及观察事物的角度，这为他的艺术成就追溯了深广的技法渊源。

　　其次，韩天衡的艺术探索中心定位在中国画的本体层面，而不是表面的形式技法。韩天衡对于传统的艺术追求更是在精神层面，比如中国画强调的意境意象和艺术气韵，均是他的作品具有的品格；另外又借鉴了一些外来的元素，才最后在中国画本体层面促发了一种彻底的转变。从艺七十载，韩先生是这样看待自己的艺术历程的：

　　　　篆刻、书法、绘画从本质上而言，都是线条艺术，这是一根充满哲学意味的线条，它包含了一个人的才华、修养、胸襟、品格等综合素质，是充满情感的，也就烙上了个性，这也是历代艺术家们为之终生不懈追求和探索的目标。我觉得，各种艺术门类好似一个"马蜂窝"，中间隔着一薄壁，只要机敏地打通这一层层薄壁，便能左右逢源，触类旁通，产生意想不到的复合性的化学效应。这是一般画家难以企及和做到的。

　　但是韩天衡先生做到了！正是建立在这种对艺术信念的基础上，韩天衡先生几十年如一日地勤恳耕耘，将中国传统的绘画、书法和篆刻艺术有机糅合在一起，而其中的每一门艺术，他都形成了自己独特的个人风格，登峰造极，达到极高的艺术境界。本书的出版，无疑为读者提供了一个了解中国当代传统艺术和优秀艺术家的良机，使大家对真正的中国当代艺术有个全面的认识，而不是将市场上那些鱼目混珠的所谓前卫派的书画视为正宗的中国当代艺术。

清奇洁莹、恣肆率真的韩天衡画风

韩天衡倾情于绘画艺术，是在他书法，尤其是篆刻取得巨大成就之后。20世纪70年代，其篆刻艺术的成就已为世人所公认，国内画坛的名家，无不以得其一印为快事，他也因此而与陆俨少、谢稚柳、陈佩秋、程十发、刘海粟、唐云、黄胄、李可染等顶级的老一辈名家广泛结缘，从而激发起他以书法、篆刻"打通"绘画的雄心。

韩天衡的绘画是对传统文人写意画的继承、开拓和发展。由于他对传统艺术有着自己独特的理解和感悟，同时有着强烈的现代绘画审美意识，故而，在传统面前他始终保持着特有的理性和智慧。作为一位金石家投身绘画创作，他巧妙地避开了当代画家"家家吴昌硕，人人齐白石"的尴尬，摒弃了一味强调的逸笔草草、一挥而就的习气，他紧紧地抓住写意画的书法笔意和抒写意趣，凸现出"诗心文胆"绘画理念。画，因诗心而有了格调，提升了品味；画，因文胆而有了内涵，升华了精神。

作为一个有思想的艺术大家，韩天衡将水墨和重彩都运用到了极致，或是淡雅清朗的水墨挥写宋元诗境；或是浓墨重彩、或者泼彩抒发现代人的审美和情致。水墨透明而不失厚度，色彩靓丽而不失沉稳。传统与现代，被韩天衡信手拈来，拿捏得如此妥帖，而又相得益彰，形成"清奇洁莹、恣肆率真"的绘画风格。"清奇"是一种诗意抒怀，是一种新的审美境界；"洁莹"则是他内心"古艳"和"雅致"的追求；而"恣肆"又是他一腔豪情和洒脱性格的真实写照。因此，笔墨中彰显了韩天衡的鲜明个性和风格。荷花、翠竹、兰花、葡萄、古梅、苍松、杨柳、鸟、红鱼……这些是从古至今画家们笔下乐此不疲、经久不衰的题材，在韩天衡的眼中，这不仅是单纯的笔墨传承和诗意阐释，更是歌颂宇宙生命，生生不息永恒精神的主题。因此，在他笔下表现出了超越时空的顽强生命与自由搏击精神，是真情充溢、神完气足的诗境。

在创作上，韩天衡善于运用以小寓大、以小胜大的艺术处理手法，对物象进行取舍、概括和生发，以匠心独具的想象力抓住一个局部生动的瞬间，加以集中描写或延伸放大，又以最大的灵活性和无限的表现力，更充分地表达出主题深邃幽远的意境，为观者呈现出更加广袤的时光空间，获得真切的感受和丰富的联想。就像他的《荷花图》，笔致纵横恣肆，墨韵磅礴大气，重彩绚丽缤纷，抒写出吞吐大荒的豪迈胸襟。

写意，这种风格与韩天衡的笔性相符且相合。他眼中的景致与物象，通过笔墨转化成了一种精神意象。创作时，他不局限于表现对象外在形象的具体刻画，而是以洗练概括的手法，在不经意间写出了自己和物象的灵魂，是一种真实的内在生命体验。这是一种自由的创作状态，每一笔都是他心海的波澜，是宇宙间的万千气象，是主体创造激情的表现，将传统美学与现代人审美方式结合得完美无缺。因此，作品显示了他的价值，是他学识、才情、气质的一种释放。更具体地讲，他的绘画风格呈现出这些独有的特性：

一、刻意变形、奇特夸张

他笔下的花鸟形象，讲究形神兼备、物我交融，夺造化而移精神，它不是再现生活真实的写照，但对于形体的刻画，从轮廓到体面，纤毫毕现，是"源于生活而高于生活"的典型精神升华。从表象来看，似乎是与明清文人画的"不求形似"一脉相承而来的，但他这种对"不似之似"的形象塑造，显然突破了前贤的形象或笔墨的绘画中心观，也许是自觉地接受了，也许是不谋而合于西方现代艺术的开创者塞尚的理论。塞尚认为，绘画所要求描绘的客观对象，比如说一个花瓶、一个苹果等等，你不要把它看作是一个个生活真实的形体，而要看作一个个圆锥形、立方体等等。在韩天衡的笔下，正是把荷花、石头，尤其是鱼鸟等等形体，既不是看作逼近生活真实的形体去关注，也不是看作距离生活真实的形体不去关注，而是看作一个个三角形、多边形去关注——这样，刻画的"形神兼备"，率意的"不求形似"，便变为刻意的"变形"。

以他最具特色的"韩鸟"为例，狭三角的鸟喙、椭圆的眼、楔状的头、宽三角的背、凹凸的腹、三角的腿、矢状的足，或勾勒，或点虱，或丝刷，通过精心的安排组合，赋予了形体以英武的精神。这，显然是用现代的艺术观念，对前贤，尤其是八大山人绘画形象的一大拓展和延伸。

二、构图丰富多变、色彩亮丽斑斓

韩天衡绘画的构图章法就像"置阵布势"，有分工，有牵掣，有独立，有呼应，守则固若金汤，击则势若雷霆，四面出击。韩天衡不仅把对此的经历和体会运用到自己的篆刻、书法中，更把它运用到了自己的绘画中，尤其在作品中对景深的处理，不为文人画的幽雅所囿，诸如水墨山水的幽深，使平面的空间成为立体的景深，让人有置身于三维空间之感，使作品的章法赋予了一种有机的玄空感和紧张感，极好地包容同时又生发了其形象、空间、笔墨、色彩的兵戈气和辉煌性。画中的荷叶用墨率意，奔放淋漓，在大胆落笔之际，于墨色渗化之中，浓淡干湿，疏密开合，自然转换，重合交叠，似叶非叶，叶叶相连，模糊中的分明，迷离中的清晰，一派元气苍茫，浑厚尽在其中。荷花花瓣用朱红写出，复以工笔金线钩出，浓淡相映的墨叶，着以汁绿后，在局部施厚重的石青或石绿此时，写意与工笔在统一的墨色中，画面变得更为丰富和谐，墨与色交融，色与墨交相辉映，意味隽永，醇厚温馨。因为有了或浓或淡不同墨色的巧妙铺垫、穿插、覆盖、融合、渗化，传递出一种含蓄蕴藉、耐人咀嚼的诗情韵味和作者内在的文静、坦荡和率真。

三、墨色醒活微妙、技法娴熟超脱

中国的传统水墨画，以徐渭的野逸派和董其昌的正统派为盛，吴昌硕独辟重彩大写意的画风，为水墨大写意的画风别开生面，衍而为齐白石的红花墨叶，使人们对于中国画的丹青传统有了重新的认识。韩天衡的绘画，对于水墨和丹青的两大传统做了更自觉的"打通"。他的绘画，一开始是从水墨入手，并迄今不曾放松过这方面的探索。他的丹青，同样不为文人画的植物质颜料如洋红、胭脂、花青、藤黄所囿，而是更钟情于矿物质的颜料如朱砂、石青、石绿，使作品的色彩效果由腴润的饱满、响亮，升华为辉煌的强烈、绚烂。

韩天衡善于以超前的思维来塑造他的画作，因而，能游刃有余地呈现出清新的风神。同时，他具有超强的笔墨悟性和驾驭能力。雄强恣肆的线条，似蛟龙腾飞，从容自在；灵动飞扬的墨色，似击鼓落珠的音符，任情挥洒；于是，在线条、墨块之间，构成了大开大合、跌宕起伏的空间，表达了或明朗、或朦胧、或苍茫、或幽远的静谧诗境，在这喧嚣的世界中，成为他自娱自适的精神乐园。

其对于色彩的运用，或以泼彩施于墨底上，或以点染铺于花叶间，既不是经心刻意的敷施，也不是率意漫漶的晕渗，而是经心而兼率意，以配合形体、空间、笔墨、构图的视觉需要，形成斑驳古艳的瑰丽。这种瑰丽，刻入了形体的肌里，又滉洋于空间的氛围，从中可以看出对于张大千、刘海粟的泼彩，西方色彩构成，印象派点彩的融汇"打通"，而形成强烈的个性风格，在中国画坛可谓独树一帜。

朴拙憨厚、雄浑豪放的韩天衡书法艺术

韩天衡的书法以点线精度和强度取胜，他用笔推拉勾盘，以其篆刻的，尤其是金石碑学的刻凿功力，来运施刚强的笔墨，连环跌宕为造势之先，纵横开张，不束不缚，浑然天成。纵观韩体书法，无不感受到古代书法大家的精髓贯通其中，尤其以明末的傅山、王铎、倪元璐、黄道周、张瑞图等等这些敢于打破旧意识禁锢的有胆有识之士。傅的丑拙与率真、王的狂放与变幻、倪的轻逸与峻拔、黄的离奇超妙，张的诡峭灵动，各有独到之处，而所有这些气质特点，都可以在韩天衡的书法作品中得到体现，也足见他对古人书法的心领神会。

用康有为评魏书的"十美"，便是"笔力雄强，气象浑穆，笔法跳跃，点画峻厚，意态奇逸，精神飞动，兴趣酣足，骨法洞达，结构天成，血肉丰美"，开张中有凝练，凝练中有开张，与韩先生书法的线条、篆刻的线条，具有一脉相承的矢矫虬健。除此之外，便在于他进而借鉴并运用了画家"刻画"的用笔技巧，而不是一味地局限于书家画、印人画的抒写。

中国书法发展的鼎盛朝代晋、唐，北魏、汉代石刻的雄深雅健，王羲之的喻笔阵为军阵，张旭的观公孙大娘舞剑器，吴道子的勾戟利剑森森然，或如老将当道，力敌万夫，或如少年偏将，所向披靡，无不峻健丰伟，气象浑穆，为后代书法艺术家树立了风范。韩先生正是在揣摩古人的创作精神上，形成了他的书法风格。尤其他创造的韩体草篆，同样不只是形式和符号，而经过笔墨雕刻，像悬挂于空中的铁铸文字。他书写的大字，在几十米之外便似乎可以感受到铮铮其声和咄咄逼人的"韩"气。他不顾表面的"漂亮"，而是追求内涵的美；不顾感官的支离缠绕，而追求整体的壮美格调，可谓大家气度。尤其韩先生创作巨幅大作，观者无不诚服于他那精熟的驾驭能力和笔墨神技，更敬佩他那纵横恣肆的狂态。他的"狂"源于自我感情表现的强烈意识，也正是他"心藏风云"的

写照。他的书法是以自然为妙，妙在意而不是单纯地追求笔墨，或者在有笔墨处觅形质，无笔墨处展神韵，敢于在无笔墨处做文章，堪称高手。

细品韩先生的书法，一个字也要求讲究节奏，轻重、缓急、起伏、疏密、收放等等，赋予其跌宕的美感。他以情使笔，以神领气，节奏自出；他心存造化，信笔挥洒，自有天趣，不愧成为在继承中求创新的一代楷模。美国著名收藏家、斯蒂夫·洛克菲勒先生在看到韩天衡的书法后，感慨地说："中国的书法像个'怪物'，远看像散落的僵尸，而近看他们便都张牙舞爪起来，尤其韩先生的书法，就像交织和腾空的蜘蛛侠，动感很强，叩击肺腑，非常震撼，具有明显的现代气息，我想西方的观众一定会欣赏他的风格，从中领悟中国书法艺术的大美与神奇。"

韩天衡先生为人坦荡，为艺真诚，淡泊清雅，在纷扰浮躁的书法年代里，坚守净土不随波逐流，以自己的灵性和执着，一意孤行，为中国的书法艺术领域开辟一块新的天地。

高古典雅、气势磅礴的韩天衡治印

绘画、书法和篆刻，是中国传统文化中三大本质不同而又密切关联的艺术型类。篆刻又是中国画和书法作品中必不可少的一部分。在中国历史上，书、画、印、文皆擅长者代有人出，而至近现代及当代，赵之谦、吴昌硕、齐白石、韩天衡并称篆刻四大家。专以这四大家论，赵、吴、齐三家总体上都是在文人画的范畴中发展各自的个性创造，而韩天衡进而把眼光扩展到画家画乃至西洋画中来发展自己富于时代性的个性创造，从而给中国画传统的传承和创新提供了新的启示和建树。

徐悲鸿先生论画学，以"五百年来一大千"来赞誉张大千的艺术成就，而印学界，以"五百年来一天衡"加冕韩先生。中华印学是一门古老、独特而神奇的艺术门类，韩先生精研数十载，在学术及创作上都取得傲人的成果，在印学上，对前人多有填补空白的著作、论文，刻印则洗练方寸之石，上下千年，纵横万里，吉金乐石，七国玺印，汉白元朱，明清流派，五体六书，螭鱼鸟虫，一一熔铸古今，变化天地。奔腾则雄深雅健，如大江东去，惊涛拍岸；婉秀则温柔婀娜，如柳拂晓风，兰舟催发。他的篆刻，具有前无古人的变通能力，一印一面，百印百姿，拒绝重复，别开生面，对每方印章，都像撰写一篇论文般地作一而再，再而三的推敲。他精心创作每一枚印章，他的每一枚印章都是一个独立而完整的计白当黑，令人咀嚼的艺术世界。这些年韩先生又以更多的精力讲学开班，教书育人，桃李满天下，他的篆刻作品成为广大篆刻爱好者和专业人士研习的楷模，他的篆刻成就是他对于这个时代最经典的贡献。韩先生创造的不是形式，不是符号，而是一种风格，一种内涵，一种流派，以及一个有着非常广泛的可能性的疆域。

我有幸在少年时期就认识了韩天衡先生，觉得他是一位潇洒、儒雅、充满豪情而兢兢业业的艺术家。观其治印，只见他成竹在胸，下刀如有神，干净利落、沉稳潇洒，直抒胸中逸气，方寸之间，霎那间成为其学识、技法和深厚的文化积淀的喷发之地，令人惊叹和钦佩！此时此刻，我犹如置身大剧院，欣赏一曲令人陶醉的奏鸣曲！难怪现当代许多大师诸如陆俨少、程十发、黄胄、李可染、谢稚柳、陈佩秋等等都以能够拥有韩天衡先生的篆刻而引以为豪，因为他的篆刻能够更好地提升书画家作品的精神气质，让一幅作品愈为完美；在 2001 年上海 APEC 全球领导人大会上，时任国家主席江泽民将韩先生所刻治的名章作为国礼馈赠二十国的总统或元首，更是传为佳话。

2016 中国杭州 G20 峰会，韩天衡先生应邀为习近平主席制作鸟虫篆印章，此印章在会议期间特邀在西泠印社迎峰会当代名家精品展中展出，深受好评。他的鸟虫篆印不愧是古今第一，实至名归。在这方"习近平"印中，"习"字以飞龙起首，昂首向天，气度非凡。"习"字口中之龙形五爪，代表国家首脑，寓意深刻；"近"字之中有凤凰伫立与腾龙相望，别有情趣，和谐、优美，诗情画意；"平"字则形如天平，又如大鼎，平稳坚固，双侧各有小龙相托，"平"字一竖以游龙代之，既有游曳之动感，又有顶天立地之力度，既是彰显着韩先生"龙的精神"，又突显出了他"龙的传人"的身份，耐人寻味，美不胜收，真是大家气魄。展出期间，大家对此方印好评如潮，其中有位德高评论家观后赋诗留言"大国大匠"，更是代表了众人的赞许和心声："刀法如斧，结构堂皇。睿思奇想，印信端庄。龙凤呈祥，龙跃气象。大师之作，当代巨匠。"

由此可见，韩天衡整体艺术风格的形成也在于他的文化自信。他对中国传统文化的深入研究，使他的骨子里充满了对于中国传统文化的自信，有了为这种文化自信才有艺术探索的底气，才能合理地吸收西方的元素和技法，而不迷失根本。

通过研究韩天衡先生的艺术，我们得到的收益是多方面的，尤其作为艺术家，不仅仅把目光放在微观层面的技法和形式上，而更加体悟一些探索规律和认识事物的方式方法，以及生活和艺术与内心情感转变的途径，我认为这对我们当今艺术的发展具有更大意义，更值得反思。综合地学习和研究韩天衡的艺术，使观众有机会将他的作品与当代其他的艺术家进行比较，必然会对中国的当代艺术产生更为广泛和深刻的认识。艺术无国界，尤其是在国际文化大发展、大融合的当今，让真正能够代表中华民族传统文化的大师走向世界舞台，为国际所了解和认可，具有更加特殊的意义。

（本文作者系美籍画家、收藏家）

前 言

我从四岁学写字，六岁学刻印，十几岁学写文章、新诗，三十五岁继学绘画。在郑竹友、方介堪、马公愚、谢稚柳、陆维钊、方去疾、陆俨少、沙孟海、李可染等师辈的教诲下，一路风风雨雨、磕磕碰碰、质疑释难、东冲西突、义无反顾、心无旁骛地淫浸其中，或篆刻，或书法，或绘画，或赏鉴，或著述……要之，艺术是我的至爱，乃至是我精神、生命的支柱。

然我自忖，这寂寞而悠长的七十多年，苦中生乐，唯一与"学"为伴。往昔是这般的"学"过来，今后还将这般地"学"下去。唯有不断地学习，不断地吸收，不逾矩不，才能老勿自缚、老则不萎、老而弥坚、老有所得、老去无悔。

艺无涯，学无涯。古人云：行百里者半九十。我距这九十甚远，即使日后有幸抵达百里，前头的目标又将是千里。为人一世，"学"字是不能去身的。学艺七十年多年的五艺结集。它权当是我学艺途中的一个驿站：是小结，审检既往；是起步，寄望未来。相信心存未来的人是不会老的。

尽管做了艰辛且漫长的努力，但是我有自知之明，就这点能耐，铁难成钢，恨有心无力，水准平平。期待得到同道和社会的指教、攻错。批评是良药，批评里有良方，虔诚探索艺术的人，永远是走在一条漫长、孤独、迷茫而充满诱惑力的路上。

这次承蒙上海书画出版社不弃，精心策划、编辑出版了这套小丛书。自忖学不专工，讹误难免。诸方协力，深致谢忱。

韩天衡
二〇一八年七月于百乐斋

目 录

藝

藏说卷

墨迹

唐人写经

　　唐人写经是唐代专门从事书写的经生留下的佛典墨迹。其珍贵度，是以约1900年莫高窟藏经洞的发现为一道界线。在此之前，如有一截唐人写经，可是稀奇到令人咋舌。如历史上流传到清末的一页残片写经，藏家就视为珍宝，赵之谦一众大家，在其前后又是画，又是题，羡慕加妒忌，两情交织，赞不绝口，又恨不能为己所得。这段经，后来到了温州方节庵手里，遂取堂号为"唐经室"，因得到宝贝，理当炫耀。

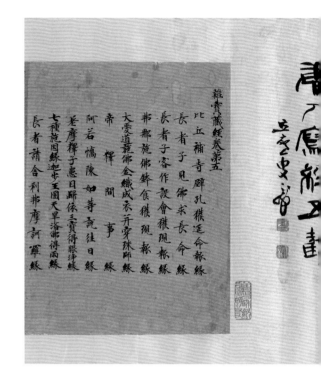

　　但自藏经洞打开，数万件唐代及更早的经卷涌出，不乏整卷的，更有署以年号的，于是这先前视为拱璧的，也变得相对平凡起来。前几年见到唐经室这本册页的拍卖，拍到好几千万，说来有趣，真值钱的并非是那段唱主角的经页，而是贵在原先作为配角，在前后书画题记的那群人物身上了。这也许是唐经室主人，乃至那些"拉拉队"人员都匪夷所思的。

　　此处的唐人写经（共五段残经），1995年自拍卖行得来，价三千三百元。诚然，收藏写经得小心，日本人在唐代即学用毛笔书写经文，若对中国的唐经书写缺乏认识，那么就难免买鹿当马骑了。

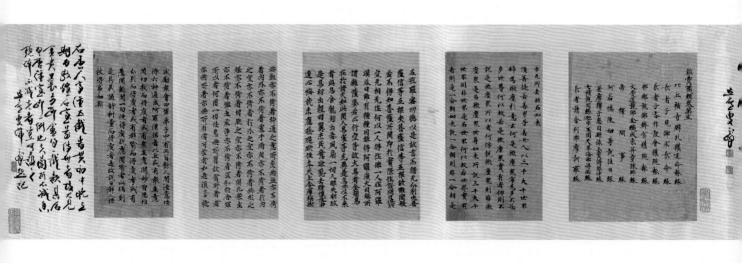

明祝枝山临钟繇小楷册

祝枝山与唐寅一样，由于以往民间口头文学的广泛传播，在艺术圈之外有着不寻常的名声。这与名人生前的"炒作"当是有差别的。

祝枝山是被文徵明称为前辈的书家。生来大拇指多长一枝，自号"枝指生"，他五岁能写榜书，气势磅礴，视为神童。他善书，但不轻易鬻书，也吝于贻人，然性好酒色，狡黠而嗜其书者，每伺其狎游，间书兴大发，笔走龙蛇，从而暗渡陈仓，轻易地可获得整捆书作。

他的书法曾被誉为"国朝第一"。这似乎也维持了一个阶段，而到晚明董其昌、邢侗、张瑞图、黄道周、倪元璐等大家迭出，他"第一"的位置也显然被动摇了。其实艺术不是竞技，本无"第一"的权衡标尺。但称其为一流的书家还是公允的。

祝氏的书法出入魏晋，兼及唐宋，功力深厚。草书风骨烂漫，体态奇纵，然间有"酒驾"般的蛮横任性习气。而其小楷书得魏晋正脉，不落唐宋窠臼，逸清朗，神韵漫溢。

此为其五十八岁时临魏钟繇书《荐季直表》，着笔成趣，得不似之似，的是曼妙的佳构。此册经名藏家金望乔、叶恭绰递藏。1998年所得，时值三万元。今亦为韩天衡美术馆之长期陈列品。

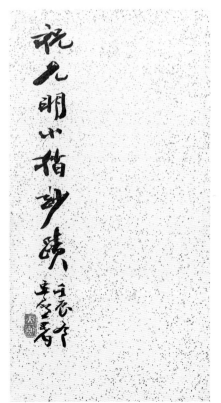

明董其昌行书宣绫《兰亭集序》卷

　　这是十米长，高一尺半的高头大卷。作者为明末杰出的书画家董其昌。1966年秋深，"文革"突发，上海街头有很多扎堆烧四旧的景象，所谓烧四旧，泛义地讲封资修的书画文玩乃至不符合无产阶级革命思想的东西都可视为四旧。烧四旧，表示拥有者与封资修的决裂了断，是革命的表现。一天，我经过成都路，见到一位老者在向火堆里扔书画，观察到他有一大手卷要扔，我上前说，能看下否？老者见我一身海军装，不像造反派，也非"卧底"的，打开一看，竟是董其昌书在早他二百年"宣德内府监造"的乌丝栏上的《兰亭集序》哇，极品啊！我随即提出给他五十元，可否让给我。这钱当时不算少，烧了则一文不值。老者慨然同意，我又说，一下子付不出，先给十五元如何，我三天里来付钱。他也应允，但表示这东西窝着不好，你早点来取走。我因平时一直在收些书画文物，手无余钱，只得卖掉些心爱的物事去换此手卷。记得当时公家收购文物的是工艺品公司，两方大红袍鸡血章给十元，一本十二开的张子祥大册页给二元，两只清代的玉笔筒二元，共计十四元，还差一元。无奈又取了两部明版书，让给古籍书店收购处，得五元。揍得了十九元。这可是我一生中唯一一次拆东墙补西壁的尴尬事。赶紧找到老者，他见我守信用，还多交付了四元钱，就将手卷先给了我。我又跟他说明，平时手头钱不多，尚欠的三十一元，在接下的十个月里付清。一切妥贴，抱着手卷回家，像抱了个大元宝似的高兴。

　　此卷曾给启功、徐邦达先生寓目，皆称稀有。稚柳师更是称：董氏代笔、伪作太多，此卷当是鉴定董其昌作品真赝的标准件。1975年，则请陆俨少先生在拖尾处绘《兰亭修禊图》。今此卷长期陈列在韩天衡美术馆，也算是镇馆重器。

寶範

永和九年歲
在癸丑暮春
之初會于會
稽山陰之蘭亭
脩稧事也羣
賢畢至少長
咸集此地有崇
山峻領茂林脩
竹又有清流激
湍暎帶左右引
以為流觴曲水
列坐其次雖無
絲竹管弦之盛
一觴一詠亦足以
暢叙幽情是日

之懷固知死生
為虛誕齊彭殤
為妄作後之
視今亦由今之視
昔悲夫故列叙
時人錄其所述
雖世殊事異
所以興懷其致
一也後之攬者亦
將有感於斯文

眡禊帖無慮數百
本印金所見凡三種
為汴梁米襄陽書
為河南深於褚
為唐人秀頎賴筆
余於所臨生平不能終
一余所臨生平不能終
篤志書之意令寫
書或有入齊令寫
宣統一卷志頎領平
永錄學不紀師余
則致使肯此為異
耳一

鳴堂

列坐其次雖無
以為流觴曲水
湍暎帶左右引
竹又有清流激
山峻領茂林脩
咸集此地有崇
賢畢至少長
脩稧事也羣
稽山陰之蘭亭
之初會于會
在癸丑暮春
永和九年歲

5

明张瑞图行书联

张瑞图是晚明开派的大书家。本为福建晋江的农家子，少时饥不果腹，凭着一股韧劲，终于在壮岁中了进士，还是探花（第三名）。官运亨通，入了内阁，官至太子太师、中极殿大学士。此时，朝中出了权倾一时的太监魏忠贤，张氏趋炎附势，迎合"阉党"，虽非"阉党邦"，也属"邦阉党"。崇祯元年戊辰（1628）清洗阉党，张氏有所株连，主要罪名：一是为魏奸书丹过纪功碑，二是还为其生祠书写过肉麻吹捧的"擎天一柱"大匾。骨头软、跟错人、书法好，可以说是他倒霉的三个原因。好在大罪未见，被革职为民，回了晋江，据考在闽南的诏安也逗留过几年。以卖字画渡过了十六年的算是不太悲凉的余生。

张瑞图的书法用笔方折中寓跳荡，盘搏里见奇峭，虽称不上龙跳天门，也当得起生机勃发。此联字大如斗，联句为"一丘一壑，为圃为农"，写于刚被发配回闽的时段，内容灰溜溜地切题，字的气局有些呆滞而欠生意，印证了"书为心画""境由心造"的道理。此联曾经翁方纲、陈半丁收藏。藏印颇小且不着题记，似乎有些"保持距离"的味道。

明黄道周行书卷

　　黄道周为晚明大书家。史传与王铎、倪元璐为同科进士，相互约定攻研书艺，以期大成。后三人皆为风貌独标且影响后世之大家。近人潘天寿、来楚生皆法乳黄氏。潘氏得其险峻，来氏得其圆融，足见黄氏乃无尽矿藏。

　　此绫本小卷，书庾子山乐府一则，署款乙丑，黄氏三十九岁，即荣登进士之年，书尚欠成熟，然已能窥出其大家气象。吾尝遍访黄氏法书，考定此卷为其传世之最早墨迹。万物生于一，自有其特殊的意义在。

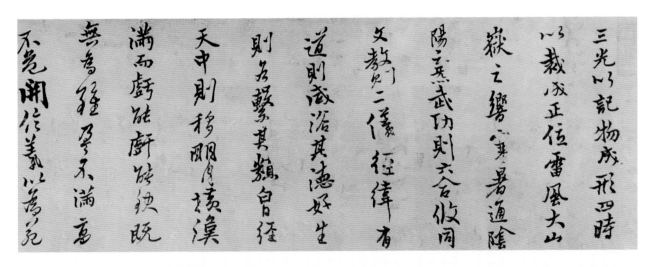

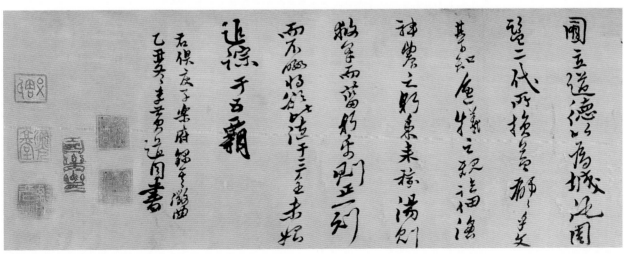

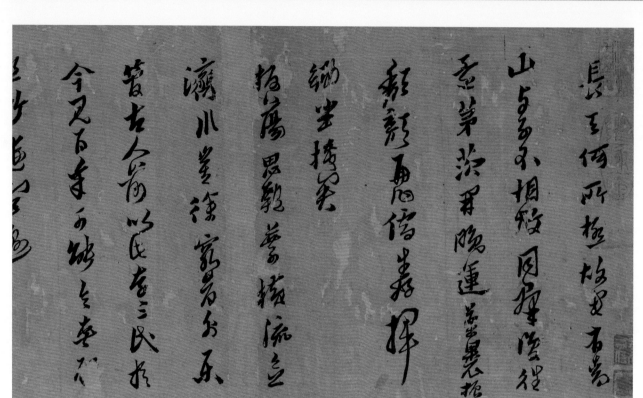

明黄道周行书卷

　　此黄道周先生六十岁在家乡漳浦建成明诚堂时所书诗十首，半年后，为南明所召，决意复明抗清，结果以卵击石，为清兵掳获而殉节。吾以为尽忠南明事小，而为后人平白少贡献法书，则其憾大矣。此图为卷末一截，所书峭峻冷刚，翻新晋贤书格，是成熟期的代表作，曾被多家出版社影印出版。

　　购入此卷当在1995年，时其故里一画商携卷及一梁同书字轴示我，要价七万五千元，因梁轴为伪作，我称只要黄之手卷，询价，商人果然精明，说黄卷七万五千元，梁轴是搭送你的。故只能两件均归豆庐。由此，推及民清一些知名藏家，所藏也偶有一些赝品，此也是一种原因也。

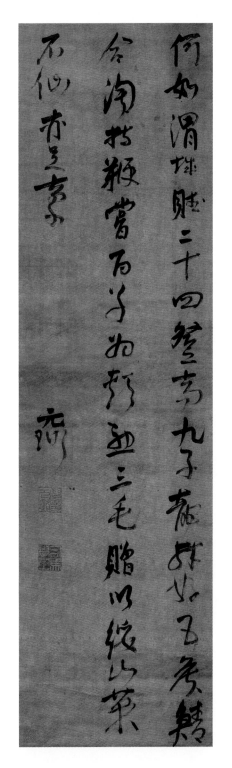

明倪元璐行书轴

　　绍兴这城市，不算大，但这城市对中国文学艺术的奉献则是太大了。我思来想去，一时还真举不出可以把它比下去的城市。不需用脑，就可以罗列古越的一批名人：王羲之、王献之、贺知章、杨维桢、王阳明、徐青藤、陈老莲、倪元璐、徐三庚、赵之谦、任伯年、鲁迅……都是如雷贯耳、开宗立派、一以当百，光耀千秋的巨匠。

　　明末绍兴上虞籍的大书家倪元璐，自小即是文艺天才，五岁读《诗经》就能过目不忘。据说七岁乘船即赋诗："凭栏看舟月，观月何须仰。水底有青天，舟行月之上。"这想象力不知李太白在小时候有不？

　　天启二年（1622），他与黄道周、王铎同登进士，相约工书，希求以书名传世，有志者事竟成，三人都兑现了。倪氏的书法我尤喜好，运笔、结字、行气、神采都另有风情，特别是行笔奇肆，飞动而有拗执的涩滞，我年轻时就是从他的运笔里，悟到了积点成线和屋漏痕的妙谛。所以尖锐刻薄的康有为，对倪氏则有极高的评价："新理异态尤多。"这是公正的。

　　倪氏耿直忠君，1644 年，崇祯皇帝在一棵树上结束了一个王朝，他则随之，用一根白帛终结了自己的生命。

　　倪氏一生作品无多，此书轴得于 1994 年，时价二万一千元。如今也是韩天衡美术馆陈列出的一件精品。

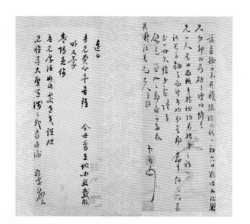

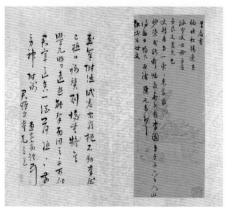
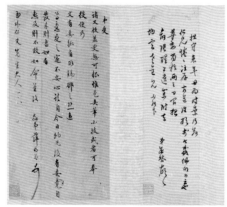

明末清初名贤尺牍

　　古人的往来书信，有多种的称谓，最早称尺牍。缘于上古在无纸张前，以一尺高的竹木简写信。此后如书札、信札、信函、书翰……的称谓，皆因时因地因习俗而生。不同于文人的书画作品，他一般不带有拿腔拿调的成分，自在写来，具真性情。而且说事论艺具不足于外人道的私密性。此外除了存心作伪，古人的书札，时事笃实，多可补史料之失、讹。自有它种文体不可替代的重要价值在。所以历来收藏信札的多是文人学者，非尽以书画挂壁观赏也。

　　蒙师郑竹友20世纪50年代即告我：如今信札不值钱了，1949年前比书画贵，一页可卖四元钱。还告我，曾见到过明代大书法家祝枝山向人赊账的借条，今则不知去向了。

　　这是21世纪初叶，在拍场里见到的两部清初名人的书札，计近四十页，存五十余家书信札，足可举办一个小型的展览。其中有黄宗羲及其父素尊、其弟宗炎的，有方以智及其叔方文的，有方拱乾及其子亨咸的，此外还有傅山、李渔、娄坚、何白、陈元素、薛明益、侯岐曾、陈之遴等等，都是一时之选。惜我杂事缠身，又非做学问的料，对其中一些个性化的署款尚未细究，对其内容也只是草草过目，深感惭愧。

　　此册得于21世纪初，收藏的热点还未热到信札这地块，故以极廉之价购入。此尺牍曾经魏稼孙等多人递藏，这也是必须提及的。近些年古人信札价昂，宋贤曾巩的一通信札，价格上亿，令人咋舌。值钱了，作伪品亦益多，这更是值得提及的。

清傅青主小楷《心经》册

　　傅山是清初的书坛大家，时人就有称其国朝第一的。书画诗文、医卜星相皆擅，奇人一个。与亭林顾炎武善，称顾氏命中注定尚有一子，顾氏信其言，纳妾，无果，足见其占卜算卦的本事有限。

　　傅山真正得以传世的首选为书艺。书法擅四体，作楷古醇，作篆古怪，作草则缭绕飘忽，动感十足。体现了性情的磊落狂狷。过去读到过一些文字，引用傅氏"宁拙毋巧、宁丑毋媚，宁支离毋轻滑，宁真率毋安排"的"四宁四毋"之说，认定这是其书艺已经达到的高度。而以敝人的浅见，这应是他对自我预设的理当追求的目标。因为，他的不少作品，与这目标是存在着一定差距的，尤其是以中堂、条幅考察，缭绕圆转间，未能沃涤一个"滑"字，线条若绫带舞风，而少了些古藤盘旋时劲峭的骨力。

　　这件小楷《般若波罗蜜多心经》是其书艺成熟期的力作。息心静气、古拗生拙，洞达而见风骨，且有多家的观赏印鉴，可珍。记得是在 2001 年，以三万六千元购得。若放到时下，世人当以"拣漏"视之矣。

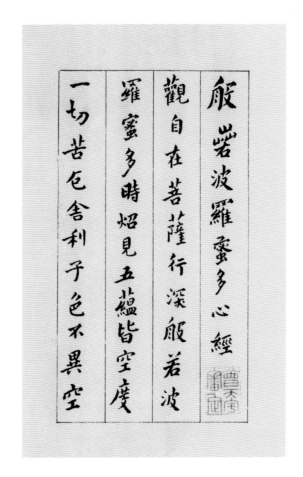

清汪士慎书联

汪士慎是扬州八怪里较年长的一位，本为安徽籍人，流寓并终老扬州。他的书画都一无怪诞离奇处，比如，他最擅长于画梅，千花万蕊，各领冷香；抑或疏枝横插，骨清神腴。其书法与画同格。拙以为，人们把"扬州八怪"叫得震天响，其实大有风马牛不相干处。把一个地区的，一个时期的一群艺术家，不讲艺术观念和个性，硬性地用地域名捆绑在一起，想来，他们未必就范、认同，后之史家也未必首肯，这不能不说是以往旧时代的一种普遍、草率、粗暴而不科学的陋习。汪氏是修养全面的艺术家，印也刻得雅致。"文革"中方师去疾发配在朵云轩站柜台，有人来出售"七峰草堂"印，方师断为汪氏之自刻自用印，廉价收下，转归上海博物馆收藏。这件往事，这种功德，是有必要记一笔的。

汪氏留传下来的印章与书法皆妙，1998年见此对联于某拍场，时以三千三百元拍得，气息宁谧而无怪态，也了无烟火气，佳作。有兴趣者可以来韩天衡美术馆观赏。

清金冬心漆书轴

　　扬州八怪是指乾隆时期在繁华扬州以卖画为生的艺术群体。"怪"字稍有贬义。时人泛指非正统的，出于偏门的画风和画人。八怪，一般指汪士慎、黄慎、金农、高翔、李鱓、郑燮、李方膺、罗聘八家，也有认定高凤翰、闵贞、陈撰、杨法、边寿民等为八家的。旧时的习性，喜以三、四、六、八之数，框定人事，其实是无须较真的。在这群书画家里，经过二三百年岁月的选筛，高下、文野是有定论的，而金农无论是绘画、书法，因其深邃的学养，以拙、静、奇、逸的高品味区别于前贤，亦大区别于时人，清新醇厚、久视不厌的独创风格，使其成为扬州诸怪中的巨星，且对后世产生了重要的影响。

　　此为金农的"漆书"轴。漆书非指以漆作书，而是喻其之用笔技法，强调横笔粗且密，如漆刷之横刮，直笔则是如漆刷之直下，极细劲，有着强烈的反差和饶有幽默的意趣。的是自我作古，古趣盎然的创新。文为"烹大羹，进明堂，圣人上寿安且康，千万年，颂无疆"。郑燮誉己书为"六分半书"，而真正非隶非篆、非草非楷而熔冶一家，"生"得成熟的，倒是这位不吹不擂，自称"渴笔八分"的金冬心。

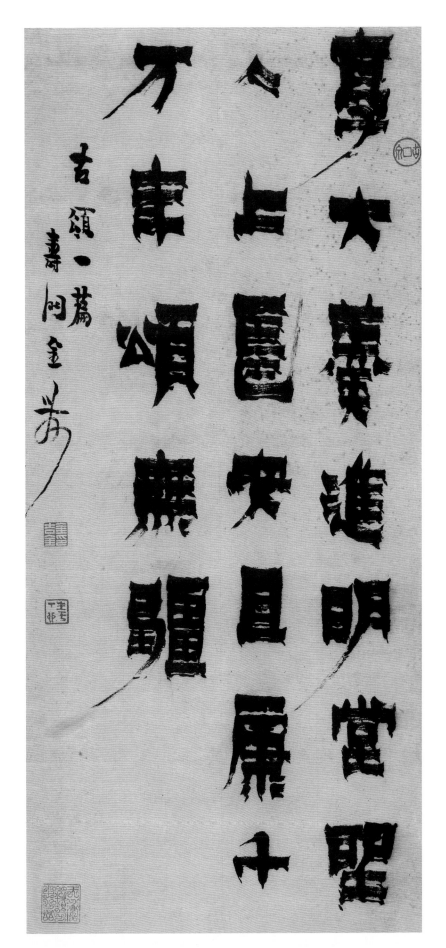

清郑板桥六分半书轴

郑板桥的六分半书，正如其自撰对联所示："删繁就简三秋树，标新立异二月花。"在书画艺术上旨在"标新立异"。事实上，标新立异的是好是孬、是优是劣，总得让后来的历史来评定，这也是最客观的经过沉淀的结论，今天在圈内喜欢和购藏郑氏的书法，也许是多有字外的因素在。而非纯出于欣赏其书艺的标新立异的本心。

为怪而怪，生吞活剥，缺乏高屋建瓴的理念支撑，缺乏令人玩味的字形背后所赋予的"诗心文胆"，最终决定了他这书风能流行于一时，而最终不足以成为经典传世。较之唐怀素、元之杨维桢，郑氏的标新立异而终未能立，不免自惭，我辈也自能从中获得某种启示。以我而言，收入郑氏此作，也的确是多由于字外的种种因素。郑居士当勿责我之实话实说也。

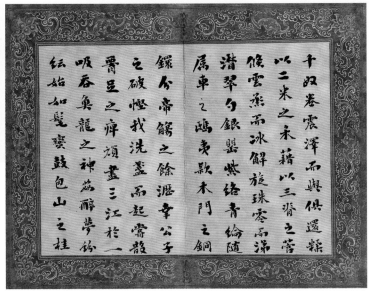
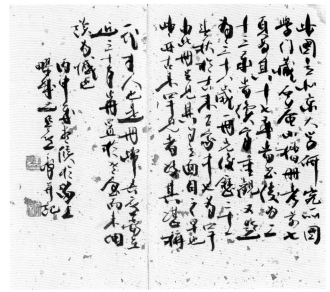

清刘墉小楷册页

刘墉号石庵，在清嘉庆朝以书法名于世。史有翁（方纲）、刘（石庵）、梁（山舟）、王（文治）四大家之称。这四家，如今市民都知道刘罗锅，可见民间文学、电视媒体的力量。遥想在明代，吴门几大家沈周、祝枝山、文徵明、仇十洲都是实至名归的大家，唐寅单凭苏州说书先生捏造了一段"唐伯虎点秋香"，闹到家喻户晓，名扬四海，把其他名家给挤兑了几百年。

但话得说回来，刘氏的法书，在那四家中，是最具个性和风貌的，也是创新的。历来书法忌点划肥厚，常被讥为"墨猪"，而刘氏偏朝这路上走。然而，他妙在粗壮圆润而非虚脱臃肿，读他的字，无论大小，都像扔铅球的结实运动健将，绝不会错认作精神萎靡的肥胖症患者。知难而为，把握适度，卓然而立，这可是常人学不了也学不到的本事。

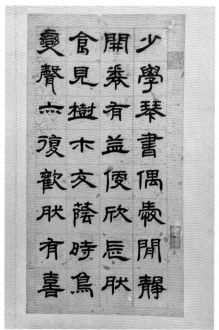

清邓石如隶书诗册

邓石如，我将他和伊秉绶及稍晚的何绍基称为清中期复兴隶书的三座大山，而彼时的书隶名家颇多，在这三座大山的周边，至多也只是丘陵而已。然而这三大家，对后世的影响，即使不论他篆刻开宗的皖派，在隶书方面也是最深广的，名家吴让之、赵之谦皆是法乳于邓氏的，这是不争的事实。

此册作于嘉庆四年（1799），他56岁时的佳作，已呈邓氏风貌，然清穆严谨，与后期的恣肆严重则有鲜明的差别。历史上，超凡出群的大师，必有蝉蜕龙变的本事。

1999年，有人携册来售。我指出册中邓氏两印与《印鉴》一书有出入（其实"印鉴"中所刊之两印蜕是伪品），故以低价购入。此也是"尽信书不如无书"之又一例。

另，翁闿运先生曾告我，他曾为稚柳师觅得名贤册页一部。后有邓氏长题。师说："侬喜欢，就拨（给）侬。"立马揭下就给了他。这等的慷慨大气，如今似成传奇了。

清巴慰祖书抱柱联

    在五百年的明清篆刻史上，有位活动于乾隆、嘉庆时的大家——巴慰祖。此人篆刻别于丁敬的浙派和邓石如的皖派。旧居在歙县练江上游的渔梁，门前即巨石差落的宽溪和相看两不厌的紫阳山，风水宝地。因隶属老徽州，印风被冠以徽派。他不仅精于篆刻，还精于竹木雕刻，玲珑得出人意料。彼时即享有盛誉，在拜访他后人时，说父辈时还存一二，今已成绝响。还说及，他之姓巴，因祖籍巴地也，姑且听之。多才多艺的巴慰祖，写隶书亦入汉人堂奥，此即巴氏所书厅堂赏用之抱柱对，联句为"克己治身乐旨君子，师典稽古齐风前人"书格神定气闲。红地剔黑、字沿泥金，富美喜庆，为清中期物。时在 2001 年，皖南访古时，以自书两联易来。

清伊秉绶隶书 "视己成事斋" 匾额

在明清书法史上，八闽福建涌现了一些杰出书法家的。代表性的明末大家，有张瑞图、黄道周，对后世乃至如今都还有很大的影响力。而嘉庆时汀州伊秉绶的异军突起，更堪称誉，尤其是他那憨拙、古渊、博大、静穆、诙谐的无古有我，自成气象的隶书，依拙见是上起八代之衰，扭转了一千五百年颓势的人物。以往有些论家，称晋唐之下，书艺日衰，此说偏激，若以正草隶篆四体书鉴之，说它是"一叶遮目，泰山不见"也不为过。试想汉魏六朝以降，有过高妙雄遒如伊秉绶的隶书否？可见九斤老太以偏概全的思维是不符合史实的。此横披书"视己成事斋"，饶有外因通过内心始能成功的哲理。书长约六尺对开，伊氏隶书多粗劲者，此则为相对地细峻，较为少见，曾见上海博物馆有一联，也同类意趣。此斋额有叶恭绰先生藏印，尤是珍贵。二十五年前以四百元购入。去年某大拍卖行有伊氏隶书"遂性草堂"斋额，较现在韩天衡美术馆展厅陈列的尺幅小近半，竟以两千三百万成交。一字约值六百万。证明伊秉绶的威武。

清伊秉绶行书轴

　　前面谈到伊秉绶书起十代之衰的隶体，续写了书艺晋唐后，绝非日薄西山的一段辉煌。我从他那近乎不可思议，奇瑰别致到极至的隶体里，似乎感悟到他出人意想的理念和得天独厚的禀赋。也许是我的一种私爱，在隶书方面，他当得千古一人。

　　但对他的行楷书，我则缺乏对他歌颂的激情，缘于他少了隶体上那种出类拔萃的独创性，明显地有着步趋明代李东阳书风的痕迹。听说他的行楷书也很值钱。可是，我总认为，在隶书上他是不折不扣的"人以书贵"；在行书上则多少渗杂了"书以人贵"。诚然，他的行书也还是高明的，这仅是对他的隶书比较而言。至于那些低层次的千奇百怪的"书以人贵"，在这里是不宜往深处探究的。

　　这件行书轴，写得还是相当的精彩，1991 年，以一千五百元购得，稚柳师曾寓目，洵称"尤为少见，殊足珍也"。写到这里，不知伊公会否因我的褒隶贬行而翻我的白眼呢？权当我童言无忌，如何？

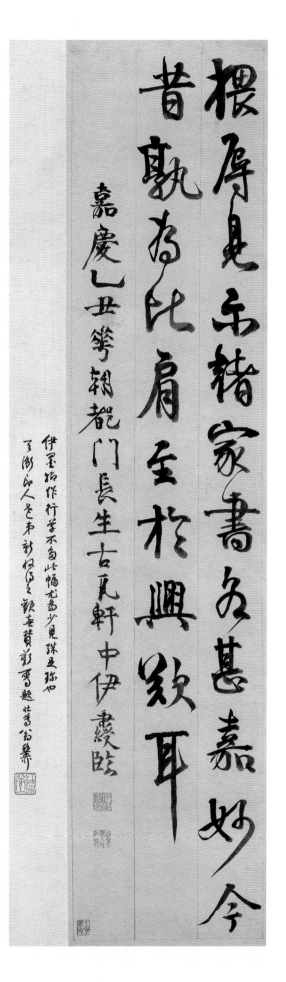

清何绍基《龙眠·苏子》七言联

　　道州何绍基是清代书法史上名声显赫，绕不开的人物。以往不少老辈书家及论家，都称书法自晋唐以降江河日下，满多悲哀。拙以为，至少在篆隶领域并非如此，嘉道后邓、伊、何、赵的继起，在这一块上包括晋唐在内的书家皆当俯首称臣。论帖学何氏之行楷自成一家，论碑学他的篆隶也别开径畦。那入木三分、墨透纸背的强崛拗劲，特立无双，此隶书联即是典型一例。故高傲桀骜，昂杖灵气的赵之谦，对大他三十岁的这倔老头，也往往退避三舍。

　　何氏写字用回腕法，后之论者多谓其谬，依我的剖析，自称"猿叟"的他，臂特长，非回腕则下笔不在善处，法因人异，当不可以常人之法评骘优劣。遥想身后挨批却回不了嘴的何公，当引我为知赏也。

清徐三庚篆书节录《圣主得贤臣颂》四屏条

　　在印坛，吴让之、徐三庚、赵之谦、胡匊邻、吴昌硕、黄牧甫被后世并称为晚清六大家。比起明末的文彭、何震等五大家，以及浙派丁敬为首的西泠八家，晚清六家的共同特点是，除胡氏外，都写得一手精到别致、极具个性的篆书。这异常地重要，个性特具的篆书，为其篆刻风格的卓尔不群，自成径畦，有着相辅相成的互补作用。他们无论是取法金文、小篆、周石鼓、吴神谶，化古为今。若让之的谨严，三庚的鲜灵，之谦的婀娜、缶庐的遒厚，牧甫的沉静，不撞脸、不依附，泾渭分明，形外攫神，风貌自成。这当给我们后学以宝贵的启示。至少使我们懂得：篆是刻的基石，刻是篆的升华，可有侧重，不宜偏废。合则双美，离则两伤。

　　此徐三庚的篆书四屏条，也是他的招牌面貌，取法于《吴天发神谶碑》。虽丢了些雄博气格，却平添了不少妍秀消息。很无奈，性灵、修为和审美取向决定结局，这也只得听凭后人评说了。

清杨岘隶书联

　　杨见山是清末的书法家。今天我们能见到的多是骨多肉少，瘦劲矫峭的隶书，和大别于馆阁路数的自在放纵的行书，以字相人，即知是位放浪形骸的人物，看不出是中过举人，做过常州知府的官僚。他较早地就在称为天堂的苏州做了寓公。吴昌硕从安吉鄣吴村，作为一村夫迈出大山，游学苏州，在老辈里，最有情感和最热络的，给予指导扶持的当数杨见山。吴昌硕执意要拜杨氏为师，而杨氏始终以挚友相待。从如今能读到的两人颇多的书札里，可以测定到推心置腹、心心相印的温度。从某种意义上讲，杨见山是长辈里早岁厚他的贵人；王一亭则是后期晚辈里厚他的贵人。由于吴氏生性淳厚谦逊，态度确定圈子，性格决定命运，所以给予他艺事上帮助的贵人，远非仅此两位。

　　这是以汉礼器碑为宗而稍加颠摆的杨氏典型作风的隶书联。1989 年购得，价三百。无论是当时还是今朝，吴昌硕的价格当数倍于心目中的恩师。我家退之公谓："弟子不必不如师，师不必贤于弟子。"杨氏地下有知，是当击额以庆。

清赵之谦楷书联

对联作为书法的一种形式，要早于立轴。据记载，宋代的陈抟就书写过"开张天岸马，奇逸人中龙"的对联，这算得上是开山鼻祖了。但是纸本对联的隆兴，当在明中期。这与纸张生产的大幅化，及明式房屋的厅堂设计和陈式有关。厅堂主座的背壁上，务必要张挂大画轴，左右两侧则张挂对联的上下联，甚至有分挂二三幅者。字画的主题及珍贵，往往要与其地位身份相称，而且是时常要更换的，这可是主人的门脸。客人来了，先瞻观书画，有文化，也有了话题。所以到民国营造的中式房屋里，还保留了这种格局。以往的对联，存世量多多，而现今则近式微，艺术的装帧形式，都还是跟实用相关。

这是清代诗书画印皆擅的大师赵之谦的佳作，去些娇佻，多些涩重，魏碑里能读到颜真卿法书的风骨，佳作。

记得是 1999 年由拍场竞得，当时炒作之风未炽，三万二拍得，加百分之十佣金，总计三万五千二百元。如今的佣金也涨了许多，水涨船更高了，一哂。

23

吴昌硕书纨扇

　　洪丕谟兄与我同庚，精医术、擅书法、通易学、好收藏，博学多才，年轻时我俩也有些点头之交。记得20世纪80年代中期上海书法展，他的一件作品落选，写了一封信给我，辞颇激愤，还祝愿我能"飞黄腾达"。明人不做暗事，我电话询其何出此言，他也爽快，听人说是我执意将他作品拉下马的。其实那天我并不在场，心结顿解，释嫌。足见天下事，讲开了，拨云见日，比窝在心里好。中国人多，视角更多，舌头本就是用来说话的，好事者信口雌黄，无事生非，是见怪不怪的。若信奉王阳明的"我心光明"，做人清白，坦荡直面，则往往可化"生事"为无事矣。此后我俩反到多了交流、信任。他夫人说喜欢我的《月下游鸭》，画了随即寄去，皆大欢喜。

　　其时他已调入华东政法学院任教授。一日，相约去他府上，出示了不少藏品览赏，其中就有这件吴氏的纨扇，录自撰诗四首，且楷、行、草兼用，章法也变幻有致，赞叹之际，他善解人意，说：四千元刚买来，欢喜就拿去。我也就领情易来。记得那天是和儿子骑自行车去的，知他好古，还取了一件战国压纹小陶罐送他纪念。这是1998年的往事了。不几年，学生告我，他忽地走了，才花甲出头，太意外了。我知道这位饱学之士，抄录积累了几大箱书画印、医卜星、文史哲的卡片，他有着庞大宏伟的写作计划，凤愿未竟，于他、于社会，都是颇大的损失。古人悼念那些才人，总说"丰其才而吝其寿"。丕谟兄怎地就进了这行列呢？真的惋惜哉。

吴昌硕隶书小轴

　　本人孤陋寡闻，虽先后读过的缶庐书画远不止数千件，而高30多厘米的隶书小轴，此似为仅见。事情还得从日本镰仓有庙会说起。儿子说可以去逛逛。古董店设摊的颇多，大多为日本货，不合口味。见一摊，有古紫檀提箱，及清季荣宝斋古书型的帖盒，以及丁辅之所绘鲜果扇一把，不贵，均由儿子购下。摊主对吾子说，他店里、家里有中国的好东西，绘声绘色地带出口味，我不懂日语，感受到他一副邀去淘宝的热情。

　　隔日，瓢泼大雨，无妨。有古董好淘的人，都有一股敢在枪林弹雨里冲锋的骁勇。那天，与妻、子三人，三把伞，转了两趟高铁，用了两个多小时，到了这叫不上名字的城市。找到了店，里头成堆的东西，没一件看得上眼的。不甘心，又折转到他家里，出示一张张端图的大轴，伪品。出示一张虚谷，伪品。最后取来这张小轴，吴昌硕八十三岁书隶的"河水清"，老到而清润，袖珍奇品。要买，说这张是传家宝，不卖的。我叫儿子翻译：我们三个都衣衫湿透，成"落汤鸡"了，是你邀来的，哪有不卖之理？"苦肉计"管用，磨蹭多时，终于三十万日元成交。归途中，念叨着：为了这张"河水清"，泡了整天的雨水，毕竟物为我得，也值。青眼向天，缶老当笑我，好一个热血的痴人！

吴昌硕撰书《元盖寓庐诗存》册

　　吴昌硕是诗、书、画、印四绝一通的艺术大师。他不同于某些大师，好把自己的"四项全能"去排列先后，弄出许多近似炒作的动静来，体现了清醒、清淡的传统文人本色。

　　缶翁在诗学上是下过苦功的，杨见山评："诗学摩诘能神肖，至粗豪处又肖韩苏，不止摩诘矣。近日吾乡诗人推君首出，佩服之至。"于诗他一贯谦恭好学，不耻下问，若拥有他120方砚铭的沈公周，就是切磋推敲的小诗友。我曾藏有他催促沈氏把他的诗润色好，速寄回的信笺。20世纪80年代搬家时丢了。

　　对缶翁的诗稿，我见到过西泠印社藏的暮年稿两本，他文孙长邺先生藏的残稿，刘汉麟原藏的几开，日本青山杉雨先生及梅舒适的残页。此是缶翁壬午至甲申三年里所作，全册八十四页，存诗一百二十四首，不同于未定草的稿本，故署《元盖寓庐诗存》。小字法书宗魏钟繇，洒脱而古茂。册前有杨岘序，及徐康观款等。后有方还、吴敫、韩熙等跋记。一百多年里，多次倒手转卖，"文革"时幸运地被发配到上海图书馆，故有馆藏印蜕两方，"文革"结束后，落实政策，退返藏家，身世曲折。1996年得于拍场，当时真不算贵，庆幸。缶翁与我大有缘，他当初使用的晚清香槟式大画案、高背藤椅（今藏孤山观乐楼）与我如今使用着的也正巧是一对呢。巧伐？！

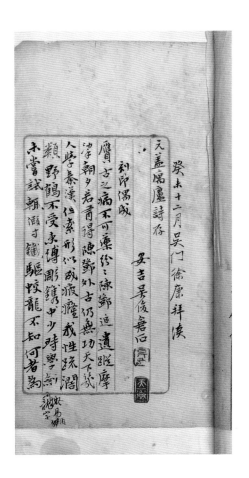

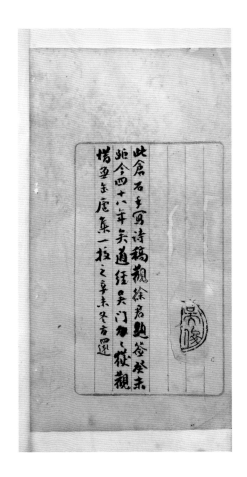

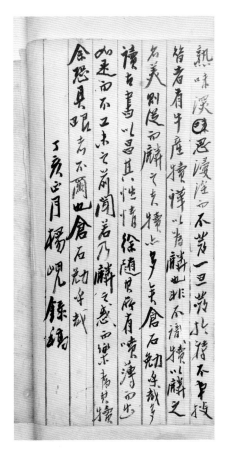

沈曾植自书诗横披

　　这件小横披很有趣。是遗老沈曾植（寐叟）的书件。说的是吴昌硕在其病中，去看望他，并捎去了新刻的沈氏斋馆"海日楼"的小印。令其喜出望外。前撰写的两首诗是对吴氏印艺的赞颂，然而不治印的学者书家去评骘印艺，总是隔靴搔痒，讲不到点子上。读了这两首诗，吴氏作何感想，则不得而知了。好在吴氏是高明的太极拳圣手，好歹都不会上心的。老辈曾告诉过我：缶翁如遇到画家，则说，你画得比我好，我只会写写字；遇到写字的，他说，你字写得比我好，我只会涂鸦；遇到刻印的，他会说：印刻得好，我是写字画画的。谦逊得真诚又让你温暖。态度决定人脉，性格决定命运。名震海内外的缶翁这本事，叫你看得懂，学不到，真高明。

　　这横披没署年款，推算当是1917年前后的事。彼时吴氏的印名已登峰造极，沈氏故而"得陇望蜀"又提出了再请缶翁刻方"乙盦"小印，好事成双。沈寐叟，嘿，此老狡猾狡猾的。

赵叔孺、王福厂合作篆书联

　　赵叔孺、王福厂先生是民国时期海上书刻大家。两家都擅于篆书。赵取法㧑叔，王取径吉金，各具风貌，为时所重。然去古未远，求赵联不难，王联亦然。

　　此联之难能可贵处，在于上联为赵叔孺所书，而失下联，遂由王福厂补书。细审上下联，笔致、书格，乃至墨色、气息皆珠联璧合，如出一人，令人叹服，尤赞叹王氏补续功夫之了得。故我谓求赵求王非难事，而要获得两家合一的篆对，也许是不可有二的奢望了。

王荣年章草扇面

　　中国晋唐以降的书法史，其实是文人书法史，再讲得绝对些，基本上是官吏的书法史。一是彼时没有为书法而书法的书家。二是封建社会万般皆下品，唯有读书高，高向何处？仕途为官。官指何方，一人之下，万人之上。所以书家也理所当然地是官吏的专利。不妨掰掰指头，大书家里除了少少的和尚、道士、隐士外，少之又少，不是做个大官，就是小吏。

　　当然总有例外的，这民国时的王荣年即是。王氏为温州瑞安人，写得一手好字。出身和行迹都属反动阶级，解放初期即被镇压，墨迹也多被销毁了。20 世纪 60 年代初，在友人处见到此件被撕去名款的残扇，读其字，宗法章草，笔短意长、气息宁谧、格古韵新，在沈寐叟外，别开蹊径。友人告我此人为"反革命"，我说无妨，这字里没有反动标语，作为书艺看看无妨。遂贻我。

　　"文革"间，偶从旧箧拣出，裱托后，请陆俨少先生补题记。陆公见解与我同辙，谓其远规汉魏，深稳和畅。此 1975 年事也。

　　呜呼，其实这类民间高人，代不乏人，惜多自生自灭，无人关注，也无缘入书艺庙堂，令海纳百川的书法史不免欠缺逊色。还得补说一句，王氏近年已被平反。作品也已汇辑出版。我旧藏的这件残篦也被刊登其中。王氏当知蒙难时，海上有一赏音者。

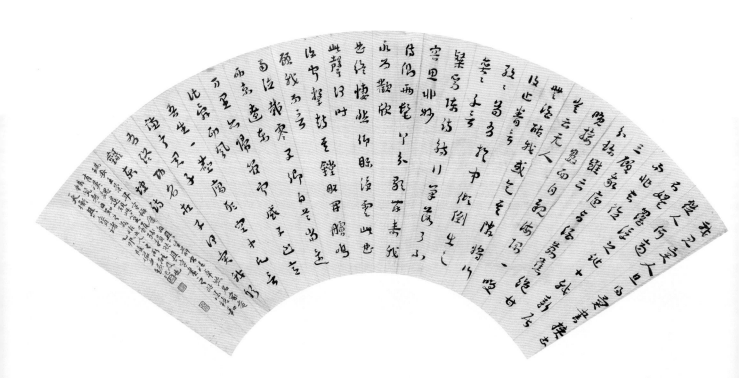

马公愚临石鼓文轴

　　我有幸拜马公愚先生为师是 1963 年，他回温州故里，在松台山上工艺美术研究所的接待室写字，我将习作呈上求教，先生很鼓励，当场表示今后可多予指导，就收我做了学生。1964 年，我被调回上海东海舰队，请益的机会也更多了。马师正草隶篆，四体皆能且精，这类书家，古今不多。他常跟我说，别人称我书法家，其实我倒是华东师范大学的英文教授噢。书法家里，中外兼通的，古今更罕有了。以往鬻书为生，也非易事，不懂书法的太多，而率意批评否定书家，信口雌黄是不用成本的。在这方面，马师有太多的感喟，他曾教过我一招："在书法作品里，一定要写一两个俗人不识的异体、别体字，嘿，你字都不识，还有资格批评人家？"

　　公愚师写《石鼓文》绝对忠于原作，功力过人，丝毫未夹杂个性和习气，体现出高度的纯正性，最适宜作为初学者的范本。这是他 1964年赠送给我的一件佳作。

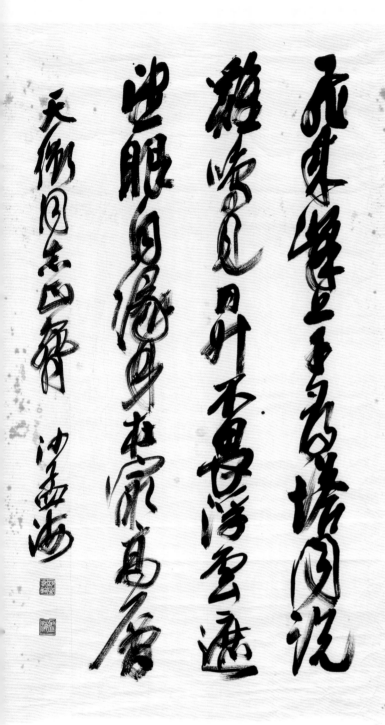

沙孟海书王荆公《登飞来峰》诗轴

　　国人视关怀、扶持过自己进步的恩公为贵人。沙老即是我的贵人。在毫不相识的情况下，沙老对我探索并时多彷徨的书艺、印艺，一直多有褒奖之辞。1975年，在给周昌谷大兄的短笺上，竟然不吝谬奖，称小可之印"为现代印学开辟一新境界"，从而更坚定了生命不息、探索不止的决心。

　　就是在这一年的深秋，由朱关田兄陪我去杭州龙游路上的决明馆，首次拜见了沙老。那天沙老看了我的印作，问：想定型吗？我说，定型意味着停步，我不会定型，探索是一辈子的使命。沙老深以为然。

　　那天除了沙老的热情指导，我请求他能为我写张字，沙老说：写啥？我说：可否写王安石的《登飞来峰》？沙老抽毫，笔走龙蛇地写下了这件大作。这件法书，竟大别于平时作风，字多贯连，如珠玑一串，自始至终，大有王献之"一笔书"的况味。至今，拜读此作，那天激动到听得心跳怦怦的情景，犹在目前。

王蘧常章草书轴

王蘧常先生是上海复旦大学的教授。20 世纪 70 年代不上课了，也无课可上了。家住宛平南路，离我画院不远，因此时去拜谒。先生人随和，谈天说地，从学问到旧闻。一次，他说：你老师陆维钊是我大学的同学，他的足球可真踢得好。我至今都难以把陆老师一贯斯文宁静的形象，与他驰骋球场的雄姿挂起钩来。

蘧常翁的章草写得高古奇奥，日本书坛誉其为当代王羲之。他写字用的是小笔，笔运时，一直揿到笔根，用极慢的匀速徐行，另有一功。但用笔看似板滞，而读其书作，却有"孤蓬自振，惊沙坐飞"的灵动和凝重。从他赠我的这件法书里，就可证明吾言之不虚。

在四五十年前通信基本上是唯一的联系方式，他书写信封也用常人乃至一般书家都不识的章草，信件往往都投不出去，打了"回票"。无奈之下，家人都得在信封上一一写上楷书"释文"，这堪称是古今独一无二的作派了。

来楚生《篆书千字文册》

来楚生先生晚岁的书艺已入化境，行草宗黄道周醇厚过之，隶书参汉简醇郁过之，篆书法赵之谦醇整过之。依拙之见，他的字、画、肖形印，妙在得一"醇"字，学而弃迹师心，这等的高人，一个时段也生不了许多。

这本书写于1970年的篆册，及一些出版过的行草隶的法书都是来公送他一位弟子积累的妙品，量大质佳。一次性转让我，与他是救急，于我是解渴，时在1996年。

此册不久曾借给上海画报出版社出版。过些时，中介的朋友将听到的质疑之声询我，我笑问："这批东西都是你从他家里一起搬来的，是否你将这本册页'调包'了？"

艺术品的鉴定是犯难却又有标准的事。如今，人人都可自由发言：真、假，才一个字，其简单到不需一点成本，也无须担一点责任。总之，不让人家自由不可以，但自己失去了定力也是绝对不可以的。

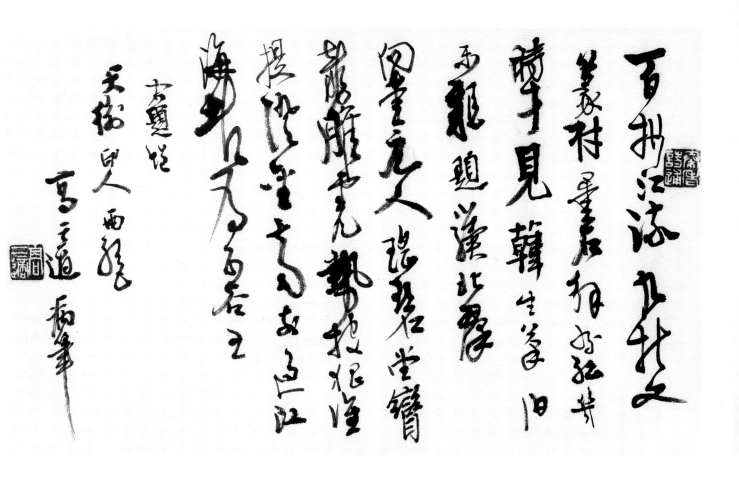

高二适题赠诗两首

　　高二适先生是 1949 年后极具文人风骨的大书家，20 世纪 60 年代，不畏强势，敢冒风险，跟位高权重的郭沫若先生叫板，争辩《兰亭集序》之真伪，惊涛骇浪，在那个阶段的书法史上，乃至在学术史上都留下了稀缺而浓重的一页。翁虽遭到八方围攻亦毫不畏惧，"证草圣斋"的斋名见证了他的刚毅不屈。

　　高老跟我有缘，1974 年，他的学生请了各地四十来位篆刻家刻印，他居然只赏识我的那方，并在南京鼓楼医院的病榻上题诗两首寄赠。并告，今后将全部启用拙刻，一年里，曾先后刻过寄来的印石三批，惜彼时少暇，印均经请友人及学生转至。讯息也限于书信。越年有南京友人告我，先生已驾鹤西去，在临终之际，嘴里反复念叨着几个人名，除我之外，皆其同辈大家，送终者后询之他人，方知韩某者，乃上海一青年印人，高老厚我如此。古有"高山流水"，知音犹可面面相觑、心心相印，先生厚我，却未谋一面，未晤一言。平生憾事，当无过于斯。

画迹

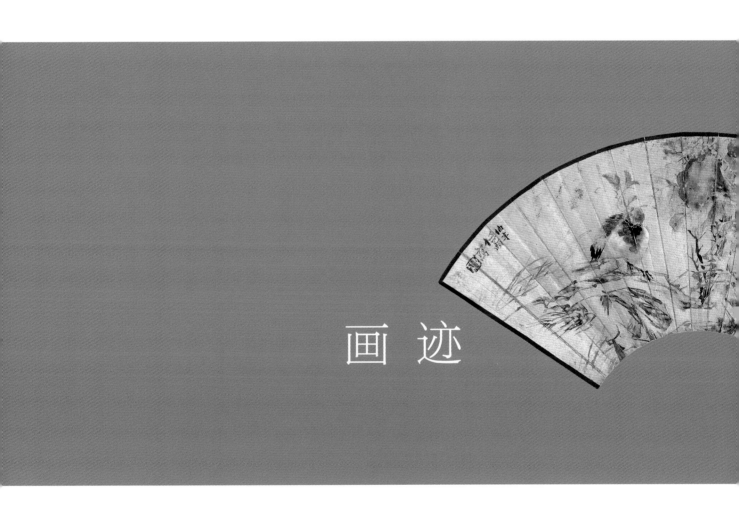

清石涛兰花扇面

在明清绘画史上，有几位特立独行的奇才，清初的八大山人和石涛称得上是其中白眉。说来也有趣，两人都有明皇室的血统。八大山人对推翻祖宗的清王朝，不共戴天，有着强烈的反叛情结。而石涛则坦然得多，似乎他很开通，城头换了大王旗，只不过是调了个民族做皇帝，何必太较真。

这两位天才人物的对比意义，还显现在绘事上。八大山人的画善于做减法，更妙于做除法，化万为一，惜墨如金；石涛上人善于做加法，更妙于做乘法，化一为万，泼墨似水。要之加减乘除，惜墨泼墨，均以攫取魂魄神彩为旨归。

这是二十年前见于某画廊的石涛真笔，置于墙角，无人问津，足见它的冷寂落寞。一日，我审视再三，以一万元购得。然而世上事总有例外，此扇却是石涛做减法的作品。记得黄宾虹语录："画不贵于繁而贵于简。"但老爷子暮年的画往往很"繁"，也因为"繁"，反倒卖得更"贵"。想想也发噱。

清郑燮《墨竹》

在民间，要是提到画墨竹，郑板桥也许是知名度最高的。

而以我对五代宋元明清以降，画墨竹画家的浅薄认识，若论高下，首推宋元，明据中游，清又次之。宋元文人写竹家既重笔墨，又重视对活生生琅玕的观察，诗心文胆，生机勃发。明之文人画竹，也还有笔墨，但图式多为宋元所囿，后期更显因循守旧。清代文人则多不注重实物观察，往往游戏笔墨，即使怀才八斗，而在画里却不见表达，郑板桥画竹，似也属于变变章法类的文人墨戏。

从运笔技法的层面分析，宋人写竹，调动的是从肩、臂、肘、腕的自如的挥运，而郑氏写竹只见腕的运动，故无论是发枝杈、撇竹叶，不够醇郁朴厚，丢失了他本具备的出众学养，也就是说，他那标新立异的清奇学养，并未能在竹画里得到体现。

郑板桥晚年删节自作诗集刊行。自序中说："死后如有托名翻版，将平日无聊应酬之作窜入，吾必为厉鬼以击其脑。"自作诗刊行，我对郑氏颇为自许的画竹多持批评之论，不知会被此老"击脑"否？

清虚谷《松鼠图》

　　鸦片战争后，上海成为百业云集的商埠。海上画派也应运而生，盛况空前，1919年杨逸编著的《海上墨林》，就载录了七百余人。而对首创期的最有成就的领袖人物，当是虚谷、任伯年、吴昌硕。三人都非上海人，移民城市何以有着诸多领域的勃发优势，拙以为这也是大可研讨的有意义的课题。

　　虚谷作为清军参将，曾浴血于太平天国军之役，出入生死，似有参悟，遂出家为僧。弃刀挥笔，开始了绘画的生涯。他写字作画，用笔锋偏，施墨枯渴，敷色虚淡，冷峭奇逸，非古非今，自成风格，老辈曾语我，他的画案置于室中间，多围着桌子，四向下笔，故兼记之。缶庐法眼，赞其画"一拳打破去来今"，深刻。

　　黄胄晚年，尤好虚谷，曾嘱我留意收集，而画缘未到。1998年终究觅到此件，记得是一万二千元。无奈他老已于上年驾鹤西去，交办的任务终未完成，自然也看不到他那展轴赏新品时，一面孔惊喜灿烂的笑容。此作也只得留以自赏了，梁先生在天有灵，知道就好。

清任伯年花鸟扇

任伯年是晚清海上画坛的巨星，罕见的绘画天赋。但既非官二代，也非富二代，又非艺二代，要在海上立身走红岂是易事，他遂在姓氏上动了小脑筋，称时已享有大名的任阜长是自己的叔父。果然，令人刮目相看，画也好卖起来。一日，"叔叔"任阜长真的出现在他的面前，这一照面，可把他吓到拉尿，以为是来找他算账的。好在这老任先生爱才，不仅不责怪，还在艺事上给予了热情的指导。这可真是任伯年的福分。诚然，我们无须去考证这故事的真伪，而任伯年的成就确实是青出于蓝，冰寒于水的。

此箑是任氏成熟期的花鸟佳作，去文人画的以草草为逸品，去行家画的拟古而乏生机，去俗工画的求形似而失风韵，且借沪渎之便，吸纳消化了所见西洋绘画的色彩、造型、构图。中西融冶、风格清新，雅俗共赏，从而成为海派艺术初创期不二的先锋。此件得之于徐子鹤先生，1978 年，他有批藏画要处理给文物商店，给了他一份估价单，此扇（包括背面褚德彝的书法）十二元，值趋其府上拜访，说，喜欢就按这价格让你了。

我研读任氏的绘画轨迹，总为他暮年的探索而抱憾。也就是说笔墨的醇凝简约和对其深处内义的储蓄，非其所长，而这恰恰成了他暮年的绘画趋向。不免令人扼腕叹息，诚然这是我的一孔陋见而已。

吴昌硕《白玉兰图》

这是十来年前购入的画。别人都说太简单了，我十万元就买断了。此画考其用笔当时四十多岁时的创作。我欣赏此画，就在于他纯属以篆刻"计白当黑"的手段来处理画面，犹如他处理篆刻的印面。

其一，在狭长的尺幅里，他将主干及枝、花都完全地画在左侧，右侧一大片空白，此谓"疏处走得马，密处不容针"，大胆的险招。

其二，在干、枝、花之间似信笔涂抹，却极尽推敲。这推敲非关用笔，而在笔划期求产生的空白（也称空间）。其实，书画印同例，一笔划出两块空白。高手用笔无碍，而苦于、囿于乃至疏于对空白的巧妙分割，这于优美园林的规划设计也同例。

三，对于空白的理解、营造和圆满结局，我一直以为是紧要的环节。吴氏这张简笔画是一次成功的示范。我们不妨验证一番，那左旁的玉兰图，其若多的空白，大小、倚侧、形态有雷同重复否？没有。这就叫精心而经得起咀嚼的写意。

四，右边上下形的大片空白，虽"计白"，但未能"当黑"，全幅似有左右割裂之嫌。睿智的老缶，在其下方大书（字小压不住左侧的繁密）"苦铁"两字的署款，复钤以红印两枚。所谓"小小杆砣压千斤"，在极不平衡的画面上，获得由险绝而复得平正的奇妙艺术效果。妙招。辩证法的一次胜利。

说多了，总之，除却初学者，拙以为妙留空白，历来是老手们的艰辛课题。

吴昌硕《菩萨图》

    吴昌硕先生诗书画印，四绝一通，为20世纪最有影响力艺术家。一生传世作品甚多，明的暗的，我粗略估算可近万件。其中画件似占五之一。在他的画作里，花卉最多，山水次之，而以禽兽和人物为罕见。人物中我所得见之观世音菩萨像原作仅两件，此其一也。缶翁七十九岁作，寓祛病祈福之意，做以自存，而非外来订件。

    多年来我曾对人物画家的开相，作过些分析，除个别画人外，笔下人物都无意间近似自我的写真，读此图，当知我言之不谬。或疑为王一亭代笔，然画者最不易摹者，笔也。一根线条定乾坤，若稚柳师、邦达先生，鉴古画，无须见名款，往往见一草一木一枝杆，即可报出作者，缘于一根线条里，蕴藏着每个书画家千差万别的排他讯息。由此，也足见"笔墨等于零"一说之不经。事实上悠悠万事，除却做算题之一减一等于零，世间万事非正即负，非优则劣，何来等于"零"的结果？若此画，缶翁线条拙重涩，一亭线条巧劲畅，讯息迥异，解人当可分辨之。

齐白石《虾》轴

　　记得是在 1987 年，美国博物馆系的一个代表团来上海，要我作书画印的三堂讲座，书画讲过，带队的吴先生（华裔，是研究中国美术史的博士）提出篆刻，要到孤山西泠印社观乐楼上去开课。当时，买不到快车火车票，谁知慢车坐到杭州要六个半小时。我从小不好英语，至今廿六个字母都背不全，在车上唯有和吴先生闲聊。吴先生忽地发问：最近在香港《良友》杂志上，读到你写的近代美术家的文章，其他都认同，就是对齐白石的评价有拔高之嫌。我则说，齐的妙处很多人还没体悟到，接着就从念想、造型、笔墨、择纸、题跋等诸项作了具体的剖析。好在闷在车厢里有的是时间。如谈到画虾，前人也画，沈周也画过，但在宣纸与水墨的融治上总还是被忽视的一环，即没有将宣纸特有的瀚渗特性体现出来。唯有齐氏敏锐地关注到这一点，如他画虾身的那五段，巧妙地把握宣纸瀚渗的功能，用饶有变化的淡、清墨，巧妙地掌握火候，似接若离地下笔，一段复一段，从而将虾的半透明薄壳，乃至壳里的嫩肉，都神妙的表现了出来。仅他将宣纸与笔墨的互辅这一点，就是前人未有的独造。与吴先生畅谈了两个多小时，吴先生居然说："嗯，齐白石还真的了不起"。

　　齐白石不算饱学之士。但正如李可染先生跟我所说："齐老师是天才，他的绘画感特别好。"他的画虾是一绝。此轴得于 1995 年，价二万。有兴趣的朋友可以到韩天衡美术馆看看，验证一下，我说的是否有些理。

齐白石《老当益壮图》

　　齐白石这响亮寰宇的名字是无须赘言的。连街头巷尾的妇孺老小，不知其名，都会令你吃惊。

　　纯然知道其画妙处的就不多了。我孩提时就觉得这跟儿童画似的，有啥好？同样，我彼时视父亲单位会计写的馆阁字，羡慕为一生的追求。随着自己艺事的深化，原先的看法大都颠倒了，可见，登山巅方能望远，锻百剑才可识器。

　　此为齐氏自称由八大山人稿脱出，实为自创。写一老者，白发银须，气色静好，态度从容，朱红褙袍，武生架势，拐杖高举，若挥舞丈八矛。全图笔墨无多，柔寓刚，圆寓健，简寓丰，由笔墨、彩色到意趣，把"老当益壮"四字表达到绝致。无愧画坛圣手。

　　此佳作为近年易得，曾为过云楼四代主人顾心雄收藏，出版于 1949 年 6 月王云五编辑之珂罗版画册。这应是国内个人藏画珂罗版的收官之作了。

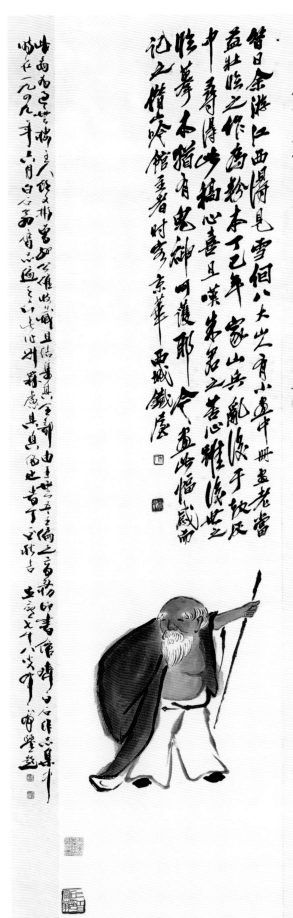

杏花红如醉下拂清波浅珍禽炫羽毛采
采春风染趙昌有此圖己卯喜平耀如兄屬寫
叔翔仁兄臨即乞正之 非闇于照并題記

于非闇《杏花双禽图》轴

　　于非闇先生为现代杰出的工笔花鸟画家。师法宋人，而能做大件，并世无多。中后期的书法，宗赵佶瘦金体，瘦峻见骨力，故即是作巨幅，不纤不弱，不蔓不枝，峭而俊，劲而畅，足见书艺对画艺强筋健体之功效。此其壮年所作，有古有己，特显高标。

　　民国中期，北平于氏（山东籍）与西蜀张大千、南粤黄君璧及江苏徐悲鸿，时多切磋，攻错涤非，挚之诤之，推心置腹，情谊非常，故时号"东西南北之人"，介堪师曾刻有印章。文人相轻，古已有之。然此四位大先生能文人相亲、文人相敬。后皆成为画坛巨擘，自有因也，堪我辈深思。

徐悲鸿《枯枝双雀图》

　　徐悲鸿先生是现代杰出的书画家、教育家，更是画坛的伯乐。他提携齐白石、傅抱石、吴作人的故事，人们都耳熟能详。黄胄先生曾告诉过我，在解放初期，他想进中央美院读书，徐院长说：你那样画就非常好，为啥还来读书，学什么？这善意婉拒，也正是伯乐的慧眼与慧心。

　　悲鸿先生的智慧也是超常的，谢师稚柳告诉我，他有句名言："老子天下第二。"若有同道问他"谁第一"，答曰："侬老兄。"看来是高傲到不行的天下第二，结果是谦虚到谁都比他高明。先扬后抑，的是傲其表而虚其心的隽永妙语。

　　悲鸿先生艺贯中西。于国画则人物、走兽、山水、花卉、禽鸟皆擅，趋于写实而蹊径独辟。此作无题，画于 1948 年 5 月的北平，也许是推窗间的即景之作。

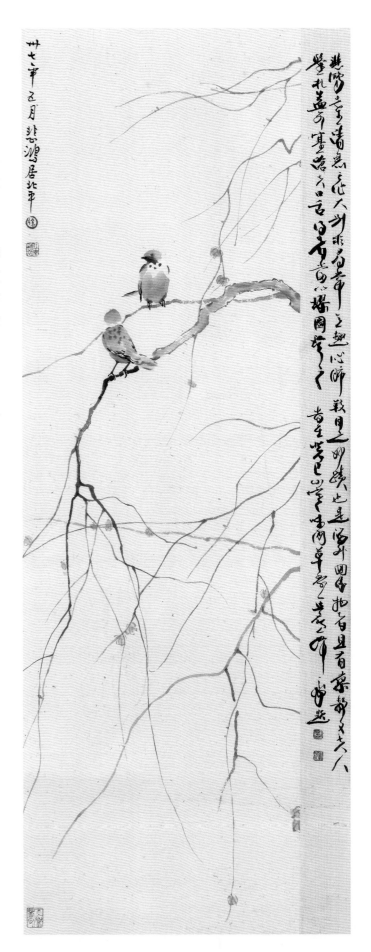

潘天寿《奇松竹石图》

  此潘天寿先生所作《奇松竹石图》，为六尺
整纸边栽一截者，潘翁也许是出于体现松之矫拔
而为之。松高耸，石高耸，中呈平行线，而以动
竹破之。这是寿翁惯用的"造险破险"的奇妙手
段和独门功夫。此图作于四十七岁时，彼时长题
诗跋多用宗法爨宝字一路的书风，又有赠叔方先
生题记，它是真迹。割爱者乃其后人，时在 20 世
纪 80 年代初，抄家物资落实政策发还时，价位不
高，足可承受。画背还附有抄家入博物馆库房的
编号，以及发还时清退的标签。本无足轻重，也
无须保留。然如今为名家书画作伪之高峰期，从
俗皆与保留，也算是为此画的是真迹，在有人信
口雌黄时，多添两重证据也。

陆维钊《虚心》轴

　　1963 年，西泠印社多年后第一次恢复活动，方师介堪要我粘一创作了约三十方印的印屏，后来知道，是破例参加六十周年纪念书画展的。真幸运，倒不是幼稚的习作忝列其中，关键是，之后得到了诸多师辈的关爱和教诲。其中就有陆维钊老师，是他主动写信表扬鼓励我，还附有他的一寸相片，称在书法篆刻上有什么困难都可给予帮助。我至今还保存了他仔细、严格的批改我习作的部分信件。1964 年，我抽调到东海舰队上海总部，一天，门卫通告，你外公来了。一看，居然是他老人家，顶着酷暑，走那么长的乡村道路来探视我，真是感动五内。在 20 世纪 70 年代，杭州的几位先生都相告："陆先生常跟我们讲，天衡是我的学生。"这话让我很温暖，也鞭策我要不忘师恩，勤勉攻艺。老师时而会赠我书画佳作，此即其一，为人慈祥斯文，作画解衣磅礴，适成反比。老师病重还说，待我好些，要画张山水给你。不久，师仙逝，未如愿。好在，之后从拍行购回一件他的山水精品，权当是老师的馈赠。

少泉公小像 裔孫泉山謝烈敬製

谢之光《谢氏祖父肖像》

　　此为我画院老画师谢之光为其祖父所绘肖像，精工至微，与其暮年所作放浪形骸的大写意南辕北辙，判若云泥。

　　1974 年访先生大田路宅，翁说今朝画点啥？曰：荷花如何？未等我回过神来，翁旋将一砚的浓墨连同砚台合扑于纸上，任其浸开，遂自成莲叶，继而以曙红色从锡管中挤出之条状直接作红花一朵，高耸于纸面，画毕，半晌不见收燥，将画置于一旁之煤球炉上烘多时，稍干。回家后，将此图挂于壁上二周，依旧不收干，自觉不可收拾。时有友人来访，奇此作，遂贻其。今则不知所终矣。趣事。

张大壮《荷塘石鱼》

　　张大壮先生是很有趣的人，也是真正淡泊名利的人。谚曰"英雄不问出处"，他是"英雄不诩出处"，他从来不说自己是大学问家章太炎的外甥，也从未听他去炫耀在大藏家庞莱臣家鉴画的往事，纯粹一个寡言孤语的邻家老伯伯。"文革"将结束，画家恢复了稿费，他这类的名画家是八元一方尺。有位老师接到约稿，好心地叫我去通知张先生也画几张，此时张先生用剪刀把1949年前泰康食品公司的铁皮饼干盒撬开，点了一下，里面还有人民币七百多块，就叫我回话："勿画啰！"惹得那位老师说：好心勿识驴肝肺。

　　淡泊之士，画也如之。他画彩墨的艳得淡雅，惜色如金，了无俗情；画水墨则逸笔草草，更是不食烟火，清气漫溢。此图即是"文革"中他赠我的一帧。在"文革"的激烈氛围中，读来大有无上宁静的隔世之感。

明宣宗壺中富貴圖

庚寅夏五月抑非居士臨於海上崇蘭草堂

陆抑非临《明宣宗壶中富贵图》

　　陆抑非先生是吴湖帆的早年弟子，之前是师从常熟陈摩的。早先他多画工笔，涉宋人趣，明艳而雅驯，在吴翁的弟子中为佼佼者。在 20 世纪中叶，海上有以花鸟画驰名的四家：江寒汀、张大壮、唐云及陆氏，时称"四大花旦"。而以工笔论，陆氏当为白眉。20 世纪 50 年代，画山水的陆一飞兄也拜吴翁为师。沪语两陆姓名同音，故冠以大、小以区别之。"文革"中陆氏即善养生，冬日去拜见，皆终日拥被静卧，自谓"冬眠"。

　　此为庚寅（1950）临明宣宗《壶中富贵图》而稍参己意，写牡丹显精神，绘铜器见色质，画猫咪有情趣，都抵善处。棋高一着，还是把皇帝老官拉下了马。近年以自作土产（画件）换来，喜欢无量。

陆俨少《兰亭修禊图》

  1966 年秋，"文革"乍起，若惊弓之鸟的问题人群，尤其是"地富反坏右"家庭，都将古书画等"四旧"，在宅外及弄堂里当众焚毁，以表白与"封、资、修"的决裂，故我有缘幸获董其昌书高头大卷《兰亭集序》。秘藏九年后，始请陆俨少先生续绘《兰亭修禊图》。"文革"中，陆公被批斗后，或疏于对其监管时，常会换乘三部公交车，耗时一个多钟点，来我远在杨浦的十平方的豆庐小聚，老少两人，遥离尘嚣，不设防，言无边际，心无隔膜。论古道今时，公多嘱我研墨以侍。此图即毕两日之功而成，属小青绿山水兼人物的横披，中写永和九年（353）王羲之于兰渚山下书写"兰亭"，一众人等曲水流觞、诗酒连句雅集的故事。人物共计二十九位，场面宏阔，春意四溢，情景交融，人姿各异，神畅气贯，写尽了一群散淡人春日远足集叙的雅趣。画里，读到的是高古精到的笔墨，画外，则寄托着画人对自由的想往，的是寄情寓意的平生妙构。值得一提者，陆公一生作画极勤勉，而绘"兰亭修禊图"仅此一帧，天下绝无两本，岂可不宝哉？

陆俨少"乙巳"款《雁荡山图》

　　此陆俨少先生1975年（乙卯）为我所作《雁荡山图》，然署款干支则书为"乙巳"，即1965年，非笔误，而是故意提早十年。彼时"文革"运动尚未开展，似可避祸。其实，十年前陆公之画风、书风皆有大差别，且用印也为70年代时我为其所刻。若非我亲历知其原委，后人必有对此图真伪无休止的争辩。

　　历史上也不乏画家不经意地错写干支的。如年轻时，曾见到陈道复花鸟图一，以干支考证，或时年方三岁，推后一甲子，则其已成故人。画虽佳，而必有无尽的争议。拈陆公此图说事，足见鉴定学问之复杂错综也。

陆俨少《千崖丘壑》《万壑松风》

在当代山水画坛，除去恩师谢稚柳先生，我最敬仰的是李可染和陆俨少两家。蒙两位仁丈的厚爱，为晚年李公先后刻过五批印，二十余钮，陆公则在十倍以上。1978年去北京，谢师、佩秋先生，李、陆两公同寓外交部台基厂接待处创作。拜谒请饭，饭后至陆公住室，他倏地发问："我的画与李先生比，如何？"问得突然，然彼时年轻，我回答也快，遂举一例应之："可染先生的山水画，是重量级的举重冠军，您的画属于重量级的摔跤冠军。"陆公深以为然。我心想，若赐我两家之代表作，则全收。若仅能择其一，我取陆公。此与市场经济无关。

此处所刊发陆俨少先生对图——《千崖秋色》《万壑松风》，为1974及1975年，作于我豆庐，凝重中尽显活泼的神韵。当信我喻其为摔跤冠军，绝非虚言。

陆俨少、周昌谷合作《蕉林少女图》

周昌谷兄是 20 世纪 50 年代浙江美术学院冒出的画坛新星，他 1955 年创作的《两个羊羔》，获得第五届世界青年联欢节金质奖章，从此腾声国内外。1966 年"文革"乍起，被揪斗，帽子是"反动学术权威""修正主义培植的黑标兵"。他当时的抵触情绪很强烈。自订交后，他多次忿忿然地向我吐诉："天衡，你想想看，人家反动学术权威，还享受过二三百元的高工资，我才拿七十来元的工资么，这冤不冤！""文革"中暴风骤雨、电闪雷鸣般的揪斗，他肝病突发，身心俱损。"文革"后，他以独特的人物画格而被邀京作画，稍累，肝病遽发，被急送到京城远郊的丰台县的传染病医院。我摸了大半天方始找到了他，因为属传染病，按规矩隔窗对话，他那浮肿的脸庞，消极的神情和悲观的谈吐，至今还深深地印刻在我的脑海中。

1974 年中秋节前，他有了些喘息的机会，来上海瑞金路岳父家小住。陆俨少先生说，我在杭州借调美院教画时，昌谷对我最厚，这次来了，我要让你俩订交。这年中秋节的前一天，下着雨，我是打着伞，搀着陆公步行去的。吃顿饭，就算订交了。饭后，依旧秋雨沥沥，陆公兴起，说，你俩订交，不可无记。就这样引纸濡笔，昌谷兄画一少女，陆公补蕉竹，我刻昌谷名印。当时昌谷不想署年月，说"文革"中无一画落过年款，恐留隐患，被抓辫子被批斗。我说订交岂可缺了日期，此画决不示人。他在写"甲寅中秋前一日"时还胆怯地说，这是我"文革"以来，唯一一张落年款的画呀。

昌谷兄长我十一岁。天厚其才，而吝其寿。下世三十二年矣，悲哉。

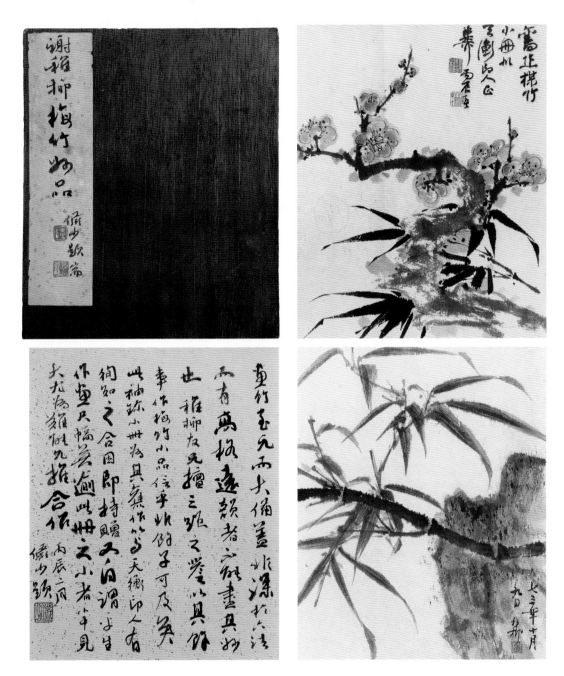

谢稚柳袖珍花卉册

在我读过的鱼饮夫子的画册里，这应该是最小的一本了，仅巴掌般大。"文革"闹到1973年，此时"造反派"抓不到他的把柄，斗批时久，毕竟是假冒的"革命派"，也缺乏不弃不厌的坚韧不拔精神，谢稚柳师也就有了重拾笔墨的机缘。这就是当年9月开始的练笔，一本小册子计十二页，兴来为之，时断时续，结束于年底。每纸都署以月日，这在谢稚柳师的册页乃至书画上也是不多的，似可窥见他探索"落墨法"的行迹。

册子是1976年赠我，彼时习画的资料奇缺，成了我习画时必备的粉本。此册中还蕴藏着一个秘密，稚师的签署，就是在此时将"柳"字，写成了自创的上下结构。这可是分水岭噢，且随着岁月，形体上也一直有着小变化。鉴者不可不知。

谢稚柳《萱蝶图》

　　鱼饮夫子是学者、诗人鉴定家，书画为其余事。1949 年前，包括 50 年代，颠沛流离，杂事纷呈，画多为求者得，自存无多。1978 年，我私忖，若能觅得师之少作，就会为即将到来的八秩书画展有所充实。先从某翁处，见其二十七岁作花卉四屏，师以为欠佳，未取。后又转辗见此水墨《萱蝶图》横披，清逸、古雅，直逼两宋，置于李迪、赵昌间，当仁不让。借出，师过目称可与藏家谈，以近作重彩山水交换。

　　过一旬，谒巨鹿园，师将画好的山水一幅交我履约。隔日兴冲冲将此《萱蝶图》取来呈夫子。师展卷毕，往我面前一推，说："送你了。"太意外了，我婉辞说，这是为您的展事特地换来的，万万不可。师加重口气说："唉，叫你拿，你就拿去！"天哪，谁知忙活了多天，竟然是为了我自己，惊喜里不免有些愧疚，师恩浩荡啊！

　　稚柳师的慷慨何止是对学生如我，受其恩惠的人太多太多。"文革"抄家时，一个"造反派"私吞了一批谢稚柳师 20 世纪 60 年代自留的佳作，"文革"后此人事发，画被抄出，如数发还，这时段，凡是去壮暮堂的友人和学生都能分配到一张。我就挑选到一张画在康熙茧纸上的山水佳作。

　　师辈们在一个甲子里，贻我的书画多，是情谊，是缘分，捐国家无妨，若去换钱，则是对师恩和情谊的亵渎，我坚守这条底线。

谢稚柳《落墨云山》

恩师稚柳谢公，是现代杰出的美术史论家、学者、诗人、鉴定家、画家、书法家。当今真够得上同时具备这身份的人可谓凤毛麟角。的确，能在其中一项实至名归，都谈何容易。师多次跟我聊过他对五代徐熙"落墨法"的研究。难度在于徐氏无明确的画作传世，且也无这一脉的传人。老师从徐熙自述"落墨之际，未尝以傅色晕淡细碎为工"，以及宋徐铉"落墨为格，杂彩副之，迹与色不相映隐"等只字片语里，以他出色的画家的深邃感悟和多年的研求实践，以水墨打底，有机而和谐地施以色彩，以最接近的手段，力求呈现出徐氏的落墨画格。其实，这中间显然包涵了托古开新"谢家样"。千载下，要使落墨法在画坛取得一致的认同，很难也不必。故而老师的一首诗里即有"辛苦苏州吴倩庵，劝我莫题徐处士"两句，就点出了吴湖帆先生与他有歧义。但其间也玩味到谢公满满的自信。

1975 年，我幸得乾隆佳纸，遂请师以落墨法作此图，墨彩映隐，气格高华，迥别于张爱的泼墨泼彩法。落款之际，师下笔即署丁卯，我提醒为乙卯，遂改。若丁卯则为 1928 年，师年方十八，后人必疑此作为赝品矣。顺及之。

程十发《边寨的节日》

　　这是程十发先生"文革"期间创作的大画《边寨之节日》，是他基于先前深入云南少数民族地区写生的升华。在二米多高的尺幅上，以生动的"S"的线型构图，画了八位少女，骑着自行车，装挂采摘了各自林园里的蔬果花卉，兴冲冲地结群赴集的场景，记录和表达了可以期待的20世纪60年代，边寨集市充满乡土气息的盛况。

　　这是"文革"期间装点在汾阳路上上海中国画院的布置画（他还画过几张略小的同一题材的作品）。那时的画院是一座不算宽敞的二层楼房，这也难怪，原先白崇禧的私家别墅，成了几十人单位的办公创作场所，当然有"螺蛳壳里做道场"的狭迫。

　　因为是"文革"初的布置画，正是斗私批修、反对个人主义的时代，谁画画都不能也不敢署自己的名字。这张挂在一楼上二楼墙上的画，署一九七二年上海中国画院制。这类单位署名的画作，还有一批，流传至今，非专家，往往不能考订出真正的作者。这也许是画史上未见的特例。

　　画院于1973年搬到了岳阳路，画还是物归原主。发老才加上了个人的署名和印记。1986年我觅得一张恽南田的小画，发老喜欢，从壁橱拿出一卷托过的大画，说：听你挑一张，我就心仪这张。我说：太大了吧？发老说无妨。我又说：下次依开画展，要，我就借出来。所以回我豆庐时，即以草篆记录了这件事。时光飞逝，三十年前的往事，那双赢互得的一幕还犹如昨天。

程十发《大觉大悟图》

　　书为心画，书画同源，其义也如。一张画，无声无息，看一眼，就能钓到你的心灵，方始可称"心有灵犀一点通"啊。诚然，这心灵的契合，也跟读画人的审美取向、文化修为相攸关。仁者乐山，智者乐水，缺失点仁智者，也许山水皆不足以乐也。

　　程十发先生是极有艺术想象力和变通力的天才画家。诚然，这也是植根于他不教一日闲过的勤勉，和深厚广博的学养基础。所以他的画不为陈法所囿，善变擅化，法外生法，信手拈来，迭出新意，足以巧擭人心。恕举一例。

　　1985年盛夏，普陀山普济寺方丈妙禅法师，诚邀发老一家三代及我家四口避暑。彼时，全岛无一宾馆，我等十数人，居然是住在了方丈室的楼上，待遇无上。辞别前，不可无记，发老作四屏一堂，我待于侧。他说给庙里画画得有禅意。不多时，四张画就一挥而就，笔简境邃，尽显方外禅意。此时发老见砚有余墨，说：侬要啥？我喜曰：达摩如何？越简越佳。此时，只见他以阔笔作似"c""b"两笔，复在其下方拉一横杠，你还坠于五里雾中时，他迅捷地运细毫，画左右直笔，随后在"b"之右上端，稍涉碎笔，三分钟，十来笔，精气神十足的达摩即呈现纸楮，的是神来之笔。而"大觉大悟"的款题，何尝不是他艺入化境的自况？记得1994年，发老在上海美术馆办个展。多位人物画家在此画作前，不乏叫绝的赞叹。

程十发、韩天衡合作《三羊双禽图》

　　四十年前蒙师辈谬赏，多嘱吾刻印钤于书画。李可染先生先后嘱刻约十余钮，刘海粟刻印二十钮，稚柳师及程十发先生大致百钮，以陆俨少先生为最，所刻印在三百钮以上，最巨者为"是人寰"，15厘米见方。十发先生每得佳石，多以画弃之废楮包裹后付我，此即一例。回家打开，乃一长方完整的三羊图，笔墨、造型、色彩俱佳，几块若即若离的彩墨斑块，似乎更平添出些许的混沌奇趣，吾不忍弃之，故存之多年，至前些年画艺稍进，始放胆在发老所绘的羊背上着以两鸟，从而废纸不废，遂成两人合作。发老当不以我之画顽拙而忤之也。

陈佩秋《鸳鸯树石图》

在如今对画家的品介中，对男性画家是不注性别的，而对女性画家则多加注一个"女"字。以拙之见，若为尊重女性则有必要，若是出于"照顾"或"点缀"，反有些贬义在内。艺术不同于运动，不分男女，只讲高下。记得二十多年前，上海为陈佩秋先生举办画展，研讨会上，我就发表过上述的意见。其实在超一流的画家中女性更显难能可贵，养育子女，操劳家务，料理杂碎，艰辛之至，在我国的传统观念里，这都应是女性的担子。试想，双倍的艰辛，双倍的奋发，双倍的付出，像佩秋先生这等杰出的女性画家，怎不让人敬畏有加，更得高看一眼。

陈先生是我赞佩的画家（不分男女），对古画独具慧眼的鉴赏力，也是使她成为超一流的一个内因。此画是她 1977 年赠我，简括的树石，工笔而淡雅的鸳鸯，与白石翁的粗放花卉里着工笔草虫相类，而同中不同的是她的气格，直入宋人堂奥。

某次她办画展，展前跟我提到这张她惦记的作品，但我藏得太好，翻箱倒柜，遍寻无着，心里歉疚与失落兼有。近日，居然从一只红木镜框背后冒了出来。阔别四十年，欣喜自不胜言表。

黄胄画猫

　　黄胄先生画画的痛快淋漓是不用说的，古人云"欲速则不达"，在他身上根本没有的事。我亲眼见他半小时画十二张册页，都是可圈可点的人物画。有次看他画张四尺整纸的人物画，由于迅捷，张臂蘸墨时，在画上滴了一串墨点，我心想，这下可惜了，一张即将完工的佳作。谁知，他不加思索地用枝小笔，濡墨补笔，瞬间就出现了一排白鹭上青天，姿势各别，浓淡相宜，境界高远。嘿！这就叫化腐朽为神奇。记得1982年我撰写《艺苑掇英》国画电影本子，预设了这个画面，居然取得了令人惊叹的艺术效果，实缘于那次梁先生（黄胄）的即兴发挥。

　　这是他送我的为猫写照的两张册页。尤其是赠我图一时，还自得地说："小韩，这张是我很得意的。"在我的印象里，别人看到他神奇的挥毫，讲赞扬话的，到了见多不怪的地步，而他表扬自己的画，仅听到过这一回。可染先生说他的狗画得好，我以为他画的猫同样地高妙。

　　天才人物真是无所不能啊。国画里的黄胄，诗文里的苏轼，生前都坎坷多难，然而那身后的荣光，可是千秋万岁的。

刘旦宅《天行图》

　　1970年，某晚间，去刘旦宅先生府上．那天他兴致颇好，说：你天衡嘛，就给你画张天马行空吧。谁知道，1971年冬天，开始了清算批判林彪反党集团的运动。他单位的工宣队领导来调查，说刘旦宅为你画了张"天马行空"，跟林彪是一丘之貉（林书房里就挂有"天马行空"的书轴），要我积极配合把这张黑画交出来，此情报也不知工宣队是从何处获得。情急之下我回答工宣队，知道此画画意不妥，前几天我已将其烧毁了。来者只能悻悻然打道回府。然我也惊出一身冷汗，若此画交给了革命的工宣队和造反派头头，那真是苦了刘旦宅，臭了韩天衡。险哉！

文玩

宋剔红牡丹长方盘

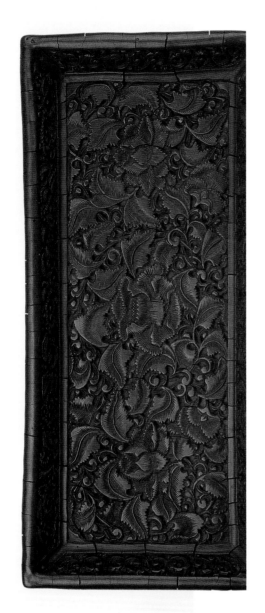

　　这是宋代的剔红牡丹长方盘，长 34 厘米。明人黄大成《髹饰录》记载，在唐代即有剔刻的技法："唐制多印板刻平锦朱色，雕法古拙可赏，复有陷地黄锦者。"但实物未见。黄氏又称，"宋元之制，藏锋清楚，隐起圆滑，纤细精致，又有无锦者"。而从今天的遗存看，宋代的漆品，多素工无锦者。

　　此长方牡丹剔红盘，充分体现了宋代剔红漆器繁复、精湛，高超的工艺。从断纹处细加考察，堆积厚实，髹漆不下百遍。古时，仅髹漆这一道工序，必需待一层阴干后，方可加层，可知制作一件剔红器的繁难。此盘面剔刻牡丹花三朵，枝叶参插巧妙，据实写意中极饶工细的匠心，与宋人花卉画似有异曲同工之妙。内外壁则剔刻萱草纹装饰之。剔刻用刀果断、犀利，遗存了唐代"刀法快利、锋棱毕露"的充满张力的美感和特色。

　　宋剔红器极少见。故十年前，儿子无极在中科院考古所读研究生时，一次，将此物带去教室，请故宫博物院漆器专家夏根起掌眼。老先生一看，激动地敲了几下桌子，惊讶地问："这东西，你哪里来的？"

元金晕金星虎皮歙砚

歙砚是我国四大名砚之一，但歙石的开采在元代至元十四年（1277）发生严重崩陷后，直至乾隆四十二（1777）年，方始恢复开采。这中间有整整五百年的空白期。

歙砚多呈深黑色，端砚多呈紫红色，前者如张翼德，后者若关云长。就色质而言，歙砚却偶有奇品，此元代金晕金星虎皮砚即是特例。砚高约三十厘米，在水波纹上似洒金镀银，天公造物，鬼斧神工，诡谲离奇到让人不可思议。

此等砚品，我寻觅逾一甲子，未尝得见有若此者。五年前去扶桑，弟子景泉伴我去一古砚名店，社长与我神交，遂从别处库房取来，漆盒已残旧，而砚两面完好无损，金灿夺目，为之心动，购下。出店门，景泉曰："老师啊，我那一瞬间，看你两眼放光，知道宝物有主了。"近因砚文化展，拣出，在其侧录唐杜甫诗句并记："波涛万里堆琉璃。书刻老杜为是石预设句，丁酉天衡。"

元嵌螺钿捧盒

　　这是一件元代的嵌螺钿捧盒。嵌螺钿工艺也是我国先民的发明，薄木胎底，上黑漆若干遍，然后，设计图案，选择螺壳呈五彩者，切割成薄片，依构思的亭台楼阁、花鸟走兽，山水人物造型拼接粘合，再在其上以尖利小斜口刀，刻划出细腻的物事的线条。在纯手工的时代，这诚是耗时费心，细巧耗神的活计。而一器既成，精彩绝伦自不待言，在黝黑的器皿上，呈现出工笔般的图画，在悠悠的沉静中，寓有魔幻般七彩耀眸的玄妙。

　　此捧盒，表现的是传说中道士卢公远，以法术引度唐明皇夜访嫦娥广寒宫的梦游场景。此类题材，元代多见，体现了民间对神秘月神的崇拜。

　　嵌螺钿工艺，号称北宋已有，然实物未见。元代器也罕见。十七年前自日本偶得。妙物由流落异邦，携归故里，于国于物于我，都是深可庆幸的。

元银晕雁湖歙砚

歙砚产于古歙州，20世纪30年代初，蒋介石出于"剿共"的需要，将产歙石的婺源地块划入江西，如今出现了名实不符。还多了个江西龙尾砚的名称。行家倒是依旧称歙砚。对上品的歙砚，我是当作水墨画来欣赏的。如果说端砚属于暖色调，那么歙砚则是冷调子。冬用端，夏用歙，合适。

这是四年前在东京某拍行见到的妙品，一般称银晕雁湖，也可称作虎皮水波纹，总之这名谓多由状象状色而定，是元代之前开采的奇品。懂砚石的日本人不多，以20万日元（合一万二千元人民币）请学生拍来。一轮明月下，无涯的波浪，在银光中涌动流走，诗意满满。挥刀在砚沿刻上"海上升明月"。佳砚在侧，美景养眼，这佳境，也不是苦沥沥地赴到海边想看就看得到的噢。

明永乐戗金经版

　　此为明代永乐戗金经版，长72.8厘米，中央饰以金珠，两侧饰有"八宝"中的华盖、法螺、莲花、盘肠四宝，外围依次饰有飞花莲瓣和缠枝莲相衬，富美夺目。据明史记载，在永乐十四（1416）年，将刻印的藏文版《甘珠尔》经赐西藏佛教领袖释迦也夫，每册首尾都用此经版夹存，后则有所散失。

　　此板2003年见于东京，稍前见闻一消息，某美籍华人将同类两版，捐赠故宫博物院，定为一级文物。知此版之非同寻常，购回。今也在韩天衡美术馆三楼，长期陈列。

明方于鲁制墨

墨的出现，是伴随着砚笔配套登场的。在三千多年前的商代，我们已可偶见到墨书。当时是粗制的墨丸，借助于研磨石伴水为汁。将墨丸之类精到地制成墨锭，要到南唐的时候，墨工奚廷珪制作的锭墨，便利且质佳，在当时是重大的革新。李后主欣赏到赐姓，故李廷珪跟他的墨锭，一直荣耀到如今。诚然，名留青史，名墨则早就灰飞烟灭了。

今之藏墨家，追逐的是明季两大家：程君房、方于鲁。方氏曾是程家的墨工，制墨尽得其秘，跳槽自创墨坊，抢了老东家的饭碗。如今叫"竞争"，彼时的旧观念谓"教会徒弟，饿煞师父"。经验之谈，本事只能教七分，是要留一手的。

墨黑墨黑，墨当然是黑的，但即使是黑色，也有约三百八十种的差别。记得我的蒙师郑竹友先生，在右边的抽屉里放着大小不等的几十种明代墨锭。如他在故宫修复米芾《苕溪诗帖》上失、残的十一个字"念""养心功""不厌""岂觉冥""载酒"，就是将多种旧墨调和到与原作墨色如一才挥毫的。

顺带说一句，真正的高手临写（包括作伪）是无须双钩廓填的，郑师告我，修复米芾的这十一个字，都是在观摩到烂熟于胸，提笔直书的。是啊，这才叫绝活！

明吴迥刻黄花梨木笔筒

文房具历来是文人的最爱。今人所谓的文房四宝，不是对它的正确概括，而是挂一漏百的俗说。单以笔而论，与其配套的即有笔架、笔搁、笔套、笔筒之类，以材质论，又有金银、犀角、剔漆、竹木、陶瓷之别。且有素工、雕艺、鎏金、戗金等工艺之分。这还不是再往细处说。

置笔的笔筒，宋代有"管城居"之称，源自东坡尝喻笔为管城子。而以愚之浅识，至今似未见到宋人之制。而到了明代，则是文人案头必备之具。拙以为这跟明代大宣纸的制作及写大字用大笔的新走向有关。

此为明代典型风格的黄花梨木笔筒，刻诗一首，署款"亦步"，1997年见于在上海举行的全国文物展销会。时定价四千，较素工的价格至少高出三倍，也许是行家考虑到刻工的缘故。然行家并非专家，知其一而未知其二，此筒乃明末大名鼎鼎的篆刻家吴迥所刻。此人有著名的《晓采居印印》等印谱传世，四百余年来，其印未见有一钮传世，而远少印作的笔筒却忽地现身沪上，且为好印之吾所得，也是一段艺缘。好在那标价的行家识署款之文字，而不识其为何方神仙，否则其价又当上抬三倍矣。

明黄花梨、紫檀翘头几

明代家具，如今成了古玩收藏界的一个专业词汇。也许以前把它仅小看成是实用具，蒋氏王朝把故宫的藏品转运台湾，似乎其中并未包括明代家具，所以我参观台北故宫博物院时，仅见到一把仿明式的官帽椅及详尽的解剖文字。要指出的是，明代家具与明式家具是不一样的概念，仿造明代式样的叫明式家具，这是切不可混淆的。身价也是截然不同的。

明以前也一直有家具，由于材质和实用，速朽而难以久存。而到了明代中后期，则采用坚紧牢固的硬木制作，如黄花梨、紫檀、鸡翅、铁力、榉榛等（酸枝红木的采用，当是清康熙以后的事），工艺精湛、巧妙，不用钉、不用胶，纯手工榫卯结构，若非刻意地损坏，四五百年下来，色浆醇古而坚牢实用依旧，如我 20 世纪七八十年代买的明代画案、方桌、翘头几，日常依旧使用着。

大家伙难拍摄，这是两件袖珍的明代黄花梨和紫檀的翘头几，高在十几厘米。其形制简洁，飞角、挡板、牙子、托泥，巧装饰而去繁缛，小中见大，气势巍然。在 20 世纪 80 年代约五百元一件，这钱在当时也可以买整套的时新家具了。

清康熙黑端蘑菇砚

　　这是很别致而精致的袖珍砚，因其小便于外出携带，也称行囊砚。

　　行家里手，凡砚小，尤须遴选上品的砚材制作。如此砚，即是端石中纯黑者。史载，黑端在宋时即告罄，凤毛麟角，犹见珍贵。砚依石相而构思施艺，背面作一大蘑菇，下部有少许石皮，稍作翻卷状，细腻中不失天成，巧思堪赏。也许是石佳工妙，故又取罕见的，饶有金铂通透感之桦木瘿（不同于也称珍贵的葡萄瘿）挖成砚椟。环环相扣，处处生趣，艺心凸现。

　　老辈尝告我，康熙时姑苏制砚，最负盛名者为顾二娘，而传世署其名款者百品难有一真，未署名款而精绝者，反倒偶有她之所作。吾于是砚也作如是观。

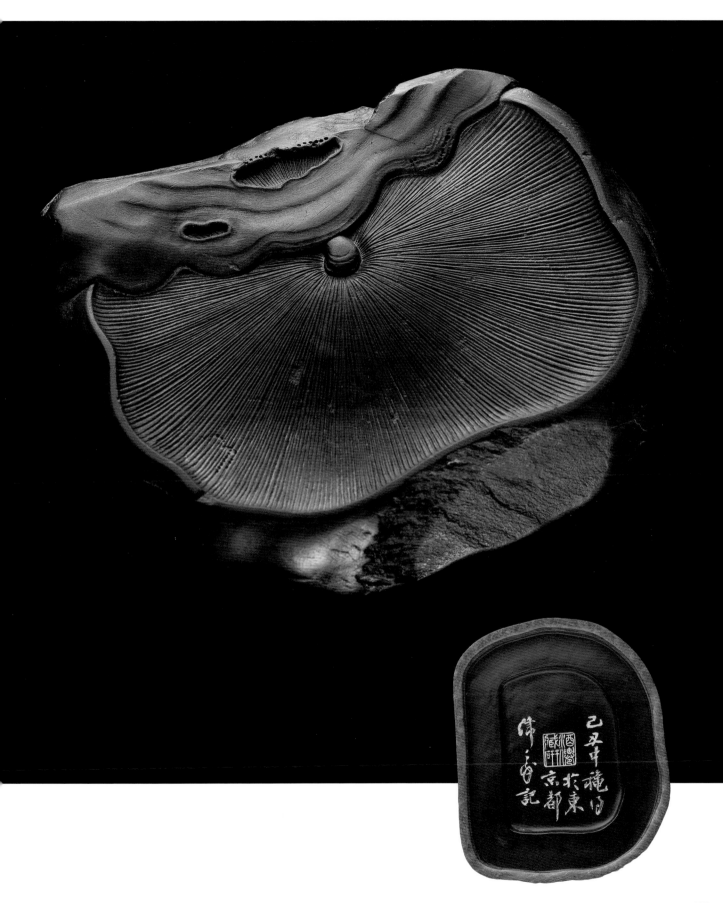

清于准铭桃花芙蓉冻石水洗

　　先前也谈到过寿山芙蓉石，是叶蜡石中的名品。而加良山出产的芙蓉，以清初将军洞所出冻石最享盛名。芙蓉历来以白色居多，白洁晶莹，雅妍素净，世称白芙蓉。然而换角度讲，红色是其中极少见者，故也益见珍贵。

　　此为彼时所罕见之桃红芙蓉晶，所谓"晶"者，是比"冻"更见通透有灵性的石品，由名匠制作为桃形笔洗，并以象牙作座，上嵌珍珠、南红，且在沿边一片淡红色块处，俏色雕一蝙蝠，寓福寿之意。笔洗中腹作隶书铭词，署名莱公。此非庸常之人，乃清初两袖清风、一身正气的廉吏——两江总督于成龙之孙于准。也曾官贵州、江苏巡抚，为官一如其祖，殁于雍正三年（1725）。据现今的社会学家的实地调查，自于成龙以廉正治域、廉洁治家，至今三百多年，朝代更替，风气沿革，于氏后人，不腐不染，清白传家，为世称颂。倘从家族史角度上去考量，也堪称百家姓中少见的一个典范。

清王文治铭黑端砚

旧时文士常自嘲"我生无田食破砚",其实砚本身就是文人的"田",试想,离了这块安身立命的田,笔墨无着,思绪无根,人岂能文?何来文人?砚之重要不言而喻。文人好砚,为砚而痴,当在情理之中。

此为清代著名书家王文治所用所铭之砚,小可拳握,色纯黑,砚塘深挖,可知非歙石,而是奇缺的肇庆黑端也。

此砚见于1980年初,时愚园路上有爿经营小古董的店叫"百花园",得"抄家"发还而委托此店寄售者颇多(时抄家未能找回之物,政策定为每件赔偿十二元),经理售我为九百元,想来售家与店家获利也算丰厚,我得来喜欢,堪称三赢。

清钱坫题黄易像澄泥砚

　　黄小松是浙派的大篆刻家。然而他对访碑、拓碑的执着，以及对汉碑碣刻石的研究，对嘉庆以后金石学的隆兴有着他人无可替代的开拓之功，似远远超过他在印坛的功绩。此是绛州虾头红澄泥砚，名品。而更值得关注的是它记录了黄氏三十四岁得汉石经残字的故事，且由学者钱十兰于砚侧书小篆四行记其幸，砚背刻有黄氏小像，足见郑重其事。在民国的《梦坡室藏砚》一书中，有存此砚伪品的拓片。

　　此砚为西南某要员物，后为我方外交淳法大和尚庋藏，知我好砚，于 20 世纪末持赠。殷殷之情，可记。

清张廷济铭端砚

清乾隆、嘉庆间，士人的收藏益趋热火，此时嘉兴出了个张廷济，堪称是无古不收的收藏家。鼎彝、书画，碑版、玺印、砚瓦……应有尽有。60年代初，温州图书馆的词家馆长梅冷生先生，就冒着违规的风险，把金贵的张氏藏辑的《清仪阁古印偶存》，让我借到部队去临摹，至今感恩。当时在温州还买到过黄黄巨制的《清仪阁古器物文》。这部书里墨拓并注释了他收藏的大部分古物，有的详细地注出器物几钱几分收购的价格，对今天来说都是有价值的资料。

入古太深，痴迷过盛，也会被人捉弄。某人寄一古器拓片，请其考证。张氏费尽心思，敲钉钻脚地告诉对方，这是上古的妙品，还考释出可识的文字来。谁知对方说，这是他从出炉的烧饼底部拓出的。当然，这故事也许是人坊间传闻。

此砚为端石，色质似古松老鳞，遂为之铭。是应雨山先生之请，时年整七十。

清胡允中螭龙犀角杯

　　犀牛角杯，是以珍稀的犀牛角制作的杯子，贵胄用以饮酒，的有药效。早期多素工，日本尚存有唐杯。至明代则赋以精妙的雕艺，为世所宝。此为名雕家胡允仲（中）所制仿上古青铜瓢型，饰以数匹夔龙盘旋一凤，构思别致，典雅高古而又灵动大气，纯胡氏典型风格。底有款、印。款以钟鼎文刻出，其实多有清初人臆造之字渗入，考之经月，文为"甲申春日仿古汉爵，为约生先生识于泊云阁中"。印文为"胡允仲"。据我考证，胡允中与同时之名雕家胡星岳实为一人。又，以用字及印风可断为康熙时人。有定为乾隆者，非。告我故事者称乃曾国藩家物，亦不足信也。

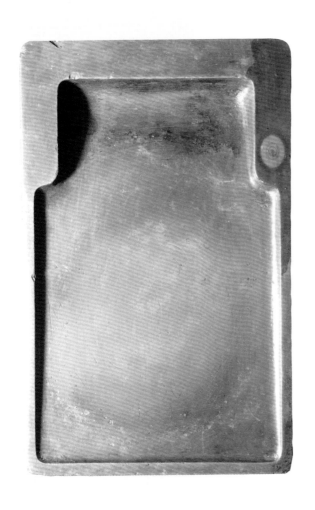

清吴兰修赠阮元端砚

　　说端砚里的水岩大西洞为皇坑，这"皇"字是有威势的。若干年奉旨方可进坑洞凿石，十一月枯水季节进洞，到来年的三月水位上涨歇工。史载，前后四个月，艰辛的手工凿石三万斤，看来颇见分量，而真正能制作成符合进贡的砚仅四十方，余下的多是小料和石屑。以重量记，边角料占到百分之九十九，足见大料难得。试看端州一把手，送给他老师阮元的这方砚，虽属大西洞，也仅巴掌般大。有一鸲鹆眼，圈五层，人称活眼。

　　此砚两侧有吴兰修的篆、行铭题。篆文为"著书不可无此眼，传家不可无此砚"。另一侧行书为"道光十四年得端州水岩砚，寄云台师相，吴兰修铭，并记"。此中两点颇可咀嚼：一、主管端州的大员，送给京城大官的，只是方不算起眼的小砚；二、当椿大事跟官至相位的老师说，此砚可传家。以古鉴今，是能嚼出点滋味的。

清程庭鹭刻砚

程庭鹭是清嘉道时嘉定的书画家，也兼擅刻竹
及刻砚，享有时名。此为我平生所仅见的一方背板
刻砚，且此类雕刻技艺颇少见，程氏先薄意铲出前
后几叠山峦，然后以细线刻的手法，添以树石、屋
宇、人物、云岚，画面饱满，画意雅驯，颇堪咀嚼。

此砚先见于日本彼时著名的艺术杂志《墨》，
砚面有同为嘉定籍名书家钱坫（十兰）篆额。后在
东京都访得，吾告砚主，此砚之篆额为伪迹，砚主
信我所论，故减价售我。书画印砚，一物之上，最
忌真伪相杂，所谓"假作真时真亦假"，故将钱款
剔去，求其纯也。十兰翁地下有知，亦当引我为知赏。

清赵之谦书刻墨床印规

　　赵之谦是天才型的全方位的书画印、金石考据、诗文俱佳的艺术家。尤其是敏锐的吸收能力和出奇的变通能力，所作篆刻五百年流派印坛无出其右者。读赵氏印，一方一个面目，一方一个情趣，移步换景，光怪陆离，绝无视觉的疲劳。

　　赵氏一生书画存世较多，印仅四百钮，而此所撰书刻的墨床、印规为所仅见，且以紫檀为之。原为唐药翁所珍藏。翁殁，见于某拍场，命儿子无极竞得。杂件之有趣在于杂，艺出多源，五味杂陈，自有可意会而不可言传之妙。

清吴大澂"龙节"墨锭

　　清末大臣吴大澂为学者、书画家、金石学家，号愙斋，出典是收得《宋微子鼎》铭文中客作愙，因以为号。博学好古，尤好上古彝器玉石乃至玺印文物之收藏，所藏之大部拓辑为《愙斋集古录》二十六卷，蔚为大观。此为其所得战国时楚国所颁之信节，青铜铸作，首端饰龙，两面有"王命，命传，赁一桴，饮之"九字。大意是，凡公事往来持此节，可居宿驿所及饮食，免费吃住。此节因首端饰龙，故名"龙节"。吴氏别出心裁，依形制为墨锭，自用并分赠友好，虽百余年前物，今所存颇稀，四锭一盒者尤罕。十余年前以拙作易来。吴氏所藏之原物今在上海博物馆。

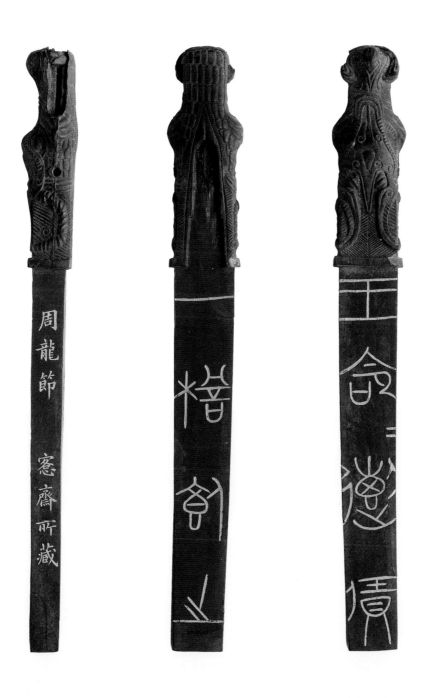

清山东红丝砚

在砚石中，红丝砚是出名比端、歙都早的名砚。唐代的大书法家柳公权，在《论砚》里就旗帜鲜明地称："蓄砚以青州为第一，绛州次之，后始重端、歙、临洮。"柳氏所说的青州，即产红丝石的益都黑山和临朐县南老崖固，彼时两处均属青州。但从传世品来看，古红丝砚也的是少见，即使苏轼去唐不远，有人说它"惟堪作骰盆"，直到看到友人雪庵的红丝砚，才感叹"乃知前人之不妄许尔"。耳听为虚，眼见为实，东坡都被人蒙过。

此清末所镌之红丝砚，用材一流，上段丝路呈曲折起伏，如夕阳直照下的山峦，而下方之丝路，如江海之漩涡翻腾，山海相映，红彤一片，饶生异趣。故而巧匠相石，以门字砚为型，作细密繁复的花卉、及动物饰纹的交会为用，获得了古雅脱俗的气象。砚之外，配盒的考究当以明代为滥觞，所谓"人要衣装，物要金装"，此砚则配以重黑红木盒，盒面作嵌银丝花卉图案，以期素雅。素雅其表，丹彩其里，那打开时的瞬间，自会给人以观感上拉大反差的惊艳。由此想到一件完整的艺术品，务必步步为营，层层提升，用心至极，方具匠心。

清张坑大西洞端砚

　　这是一方张坑（1895，张之洞奉旨在肇庆水坑开采）的大西洞端砚。之所以称端砚，因肇庆古时称端州，故名。

　　端砚中的水坑，又称老坑、阜坑，古有水归洞与大西洞之分，日久两洞凿通，且东侧石尽，遂皆以大西洞称之。诚然，水归洞石与大西洞石各有特征，懂古砚的行家自能辨之。大西洞石在羚羊峡的河水下，仅能在每年冬春三四个月的枯水期方可开采，且每几十年方许开采一次，所得之达标可进贡成品砚也仅四十方左右。试想，清三代官窑年复一年地生产，足见大西洞砚的稀罕珍贵。故历来文人视其为拱璧。用者寥寥，均作观赏之品。

　　此砚所雕刻之云龙图，乃彼时典型的官方刻工，极饶富贵堂皇气象。

清瓜瓞绵绵端石对砚

此清代端石对砚作蝶状，石厚剖为二，故石品及鸲鹆眼皆对称，乃上品坑仔洞所出，今也绝产矣。在坑仔中极少见到色泽如此丰富而雅妍者。

我首次赴日本为1982年，一碗拉面合人民币一百六十元，如今仅需五十元，一滴血验全身，知日本经济之由盛趋衰。约在十几年前，一日本友人告我某文房铺将关闭，约我一起去"抄底"。清代以下物事颇多，且真伪相杂，且均为"甩卖"价。女儿因之作翻译，伊秉绶横披、吴昌硕书扇及玉器为她购得，此砚则归于我，价日元二万。此等珍品，在国内则为不可见者，岂可以价之贱贵论之？

王个簃山水瓷盘

    王个簃先生是吴昌硕先生的高弟。能寓居在缶庐家里学本事，得其真传的仅此一人，凭这一点就足可傲人了。但自我从 1962 年与其相识，1978 年入画院，被尊称为"个老"的他，素来慈眉善目，轻声细语，从未见过一丝的"傲"气。我常趋他府上请益，他总是讲你作品的好处，即使有批评的意见，也是转了几个弯委婉地表达，不心细的常会把它错当作表扬呢，尽是慈母般的心肠。

    记得"文革"乍起，师辈们胆战心惊。我胆大，去画院探望他们，在桃江路上与他相遇，一顶压低的帽子，一片大口罩，低头缓行。我一眼认出，兴奋地叫了一声："个老！"只见他眼神紧张，瞬间，他方始脱下口罩，露出了一丝的笑意，心定了下来。似乎知道我不是狭路相逢来揪斗他的。四十二年前的这一幕，至今清晰如昨。

    个老前后送过我几件佳作，皆为花卉，他的山水画的是罕见，尤其是画在瓷盘上的。这是他与林风眠、唐云、朱屺瞻先生由上海友谊商店组织去景德镇采风时所作，约十五年前从此店内库购得。奇品！

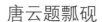

唐云题瓢砚

　　在我的印象里对艺术品的兴趣广泛而玩得风生水起的，北有黄胄先生，南则唐云先生。玩书画印、玩杂件，似乎没有不喜欢的，即使"文革"家里被抄到一无长物，见到玩物还是往家里拖，这也算得黄连树下弹琴——自得其乐。不同处，黄胄往往朝大处玩，玩占地方的明清家具；药翁则向小处玩，玺印、秦权、茶壶、古砚。药翁除了自制砚品，也多喜在其上书画遣兴。这"瓢砚"就是为方外交石瓢和尚所书，砚作瓢状，法号石瓢，写此两字最为切题，时在 1965 年。

　　石瓢是虹口吉祥寺的和尚。我在 70 年代初见他时，早已是寄寓民舍，也因全民破除迷信，而不诵经礼佛了。平素喜写兰竹自娱，当时还现场挥毫送过我一张墨竹。然此砚却是 20 世纪 90 年代以自己的土产——一画换来，故人故物归故旧，在理。

白蕉、来楚生、李卓云合作砚

　　砚这东西雕艺可赏，而附以名家的诗题、书刻，则又平添浓郁的文气和厚重的文化。这也符合商业上讲的名牌的不菲的附加值。

　　此砚句出白蕉先生，书写的狂草出自来楚生先生，镌刻者是李卓云先生。前两位是如雷贯耳的大书画篆刻家，而李氏一般人比较生疏。他是名画家江寒汀的东床快婿，我们中国画院画师江圣华的夫君，职业是静安越剧团的导演，业余善刻竹石，擅浅刻，意趣淳郁洒脱，是比专业还专业的业外高人。我颇熟，人有趣。有次我跟他说："张大千曾调侃梅兰芳：你是君子，我是小人。梅氏不解。张说，常人道，君子动嘴，小人动手么。你李先生动嘴又动手，君子小人全包了。"

　　此砚书刻于1971年，铭文为"砚旧载古意，墨新跃清芬"，书刻双美，龙腾虎跃，气场宏宽，读来令人震撼。

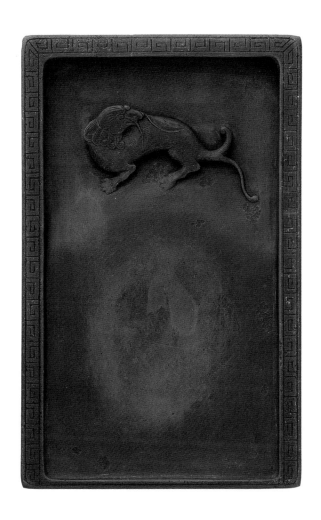

四名家铭张澍声度曲砚

砚体现文化，除却材质、雕工，名士的铭文、绘画、镌刻乃至砚主，都蕴蓄着丰厚的文化积淀。砚一般见到的是一家的一铭，而有两家以上的"拉拉队"则更堪玩味。

此砚为民国时期泰州张澍声的度曲砚。石为上佳大西洞，较掌为小且削薄，其珍稀在质也。在这雕有蕉叶的小砚上，先后有民国四大公子之一溥侗、老辈诗词大家冒广生的题词，又有女画师兼诗人周鍊霞所作诗，及所绘的红木砚盖上的《豆灯度曲图》、砚背的张公子白描绣像，由沪上竹刻大家徐孝穆镌刻完成，时约在1940年际。区区片石，集多位大家之诗文书画刻于一，足见佳砚之魅力，也感悟到溢于砚外的文气和雅韵。此砚于2003年偶见于海上虹口一贸易公司，好生喜欢，诚意求售购，终以四万五千元易得。

牡丹白鹭挂屏

华夏之大，物华天宝，人杰地灵。即以工艺美术而论，其品种之丰，物类之盛，的是不胜枚举的。

这是一件以鸡翅木为板框，镶嵌彩石的大挂屏。题材是牡丹白鹭图，牡丹寓富贵，白鹭仅一只，寓意"一路富贵"。这种中国式的寓意是外国人百思而不得一解的。记得1987年在美国，画展里有这一题材的画，美国人问牡丹为什么是富贵？白鹭与"一路"有什么关系？你解释半天，他们还是肩膀一耸，一脸的茫然。这就叫文化差异。

此屏高约150厘米，是百余年前青田所特有的工艺。先有精通花鸟画的高手起稿，随后按画面的需要，匹配以接近的青田彩石开片，雕刻出牡丹花及枝叶，再雕刻白鹭而各个部位，以浅刻、浮雕、细刻相参的技法完成，达到预期效果后，再以大漆拼接黏合，从而获得传统工笔花鸟画与浮雕工艺合二为一的艺术品。

此件2004年得于日本东京，背面还粘贴着1915年巴拿马国际博览会得银奖的记录。价六万日元（合三千多人民币），然而，搬回上海倒是折腾得不行。

张景安大西洞竹节砚

　　张景安在 1949 年后是砚雕界大师级的人物，供职于上海工艺美术研究所。他是传奇式的在上海开创了陈派砚雕的陈端友的高足。

　　张景安沿袭了乃师的作风，没有想法的作品不做，故平生留下的砚作不多。正因为不以多胜，而胜在有作必有奇趣。此砚之奇有六。一、所选砚材为大西洞，中有红丝一条，属玫瑰紫的变异，罕有。二、砚之构思若取毛竹一节之两端，边沿呈锯齿留下的残蚀痕迹，实为张氏经意制作出的粗砺。三、砚塘辟雍一围呈竹隔状，背面更显逼真。四、砚背沿边有一石眼，雕小虫一匹，以增添生意。五、在砚边处理为竹节被折之小枝根蒂处，以篆书署刻"张景安制"蝇头小字。六、红木砚盒，两面均作竹节复有竹隔之状，且制企口令砚与盖匹配，合辙无隙。总之，仅此六点，即知昔日之大师，非浪得虚名也。

　　此砚于文革前为日本好砚者购去，也许是经济下行，此砚又回流至大连，2010 年出现于上海文物博览会，成交颇顺，时在傍晚，取钱转了几家银行，均已关门，信用卡提款额度有限，只能把卖主和此砚都拉到寒舍豆庐，付款了结。事后想想，自己的是个不打折扣的"砚痴"。

"严子陵"像奇石

西哲有言："世上不是缺乏美，而是缺乏发现美的眼睛。"似乎后面还可以加一句：更缺乏眼睛背后的那颗慧心。从我个人的体验来说，留心于兹，方能眼尖、眼明，从他人不以为美的物事中，发现美。

大约是在十几年前，友人邀去扬州游，我是醉翁之意不在酒，总想去陌生的城市里，淘到点自己喜欢的文玩。文物商店去了，友谊商店去了，玉雕厂去了，一些古玩铺也逛了，基本颗粒无收。回沪之前，偶见河畔有老妪设一地摊，中有乱石数块，此图就是其中的一团拳石。上手近睨，白石上有天然画图，一黛黑人物，古装汉服，侧身作垂钓状，似刚获出水鲜鱼，形态逼真，极饶意趣。细忖，此岂非隐居富春江上，忘情垂钓的汉代名士严子陵乎？问价，称一堆六百元。吾独取此石，余则掷于河畔矣。

印 章

汉李脱玉印

　　上古玺印里,玉印是珍稀的一类。以官方的定位,皇后的印玺可用玉材,如"文革"中出土的西汉"皇后之玺"。私印若近今出土的做过二十七天皇帝的海昏侯就有"刘贺"玉印。私印里大多玉印,纯非平头百姓所拥有。开天辟地的明代原印钤盖的《顾氏集古印谱》六卷,就是将约一百七十方玉印放在最前的第一卷。若以此谱的铜、玉印量比来测算,玉印至多只占十之一,可见金贵。以往诗家龚定盦得了一方汉"婕伃妾娟"的玉印,盖了个亭子,谁想求个印蜕,都得掏三两银子呢。

　　此"李脱"玉印,1997年见于上海华宝楼,因多残蚀,要价三百,如废墟拣得。印的篆法修长流动,方圆相参,琢作精整规范。在汉玉印中属上乘之制。印有残蚀,有时到平添出别样的风情,看过卢浮宫里断残双臂的爱神维纳斯,也就能明白了啥叫"残缺美"。诚然,又非残缺即等于美的。

魏关中侯金印

魏晋前的纯金官印，至今仅见六十钮左右，少量早先流出海外，两岸故宫博物院均阙如，足见其之珍贵。

1995年，承人介绍有此关中侯金印，细审确是国宝级文物。物我两望，欢喜无量。再一思忖，此该是出土物，购入恐不妥当。我告售家心思，并加了一句：如是仿品我倒是可买的。对方说，我请某大省的博物馆专家鉴定过，他们言之凿凿，说是假的。我告其，能请该馆出一证明否？

两周后，售家捎此金印及定其为伪品之字据来沪，一切妥贴，时以一万二千美金归我豆庐。七年前我一并捐给国家矣。今在韩天衡美术馆三楼，金灿灿，如新出。可去一睹其真容。

明何震刻"柴门深处"印

何震与他亦师亦友的文彭，是明清篆刻流派印的开山人物。文彭刻石我基本未读到真品，而何震的篆刻原石还是见到过一些，也许一是他堪称首批的职业印人，二是他名盖文彭，彼时好印之贵胄都以得其一印为荣，寓有千秋共传的意味。

此"柴门深处"印确是何氏作，石为青田灯光冻，属叶蜡石，性洁莹，尤适刀。然四百多年的风霜，被我喻之为清纯的西施美人，毕竟人老珠老，满是零丁沧桑相。1973 年友来告，其师得师公钱瘦铁之馈赠，知我好印，愿为我撮合。约过半月，传话：他师母要价 20 元。其实 20 元在当时也颇昂贵，记得一件张瑞图的六米长卷，也仅索价 35 元。然我嗜印如命，还是咬咬牙入我豆庐。

清寿山石水洞对章

　　福州寿山石里有一类水坑，在坑头这地方有一深幽的水洞，其里有晶莹奇艳的叶蜡石，但开采之难，风险之大，都堪称是以命搏石，为此丧生者历来大有人在，故后世石农望洞兴叹，不复开采。此洞所出通称为水坑冻石。藏印家往往望断秋水而不可得。

　　这是两方水坑鱼脑环冻，且有 4.6 厘米见方，为罕见大章。二十年前，友人送我一枚，好生喜欢。六年后，他游宜兴，又觅得一钮，送我时说：可能比以前给你的一方小了些。回家一比，竟然尺寸一致，且石质、钮工也相同，知为失散久远的鸳鸯对章。古人有"延津剑合，合浦珠还"之说，如今居然能套用到这对三百年前的旧印上，真是石缘匪浅矣。

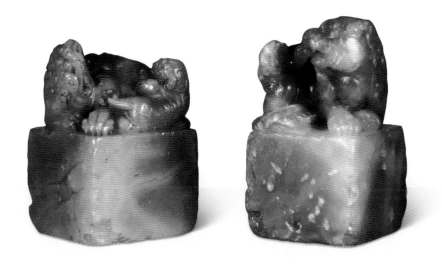

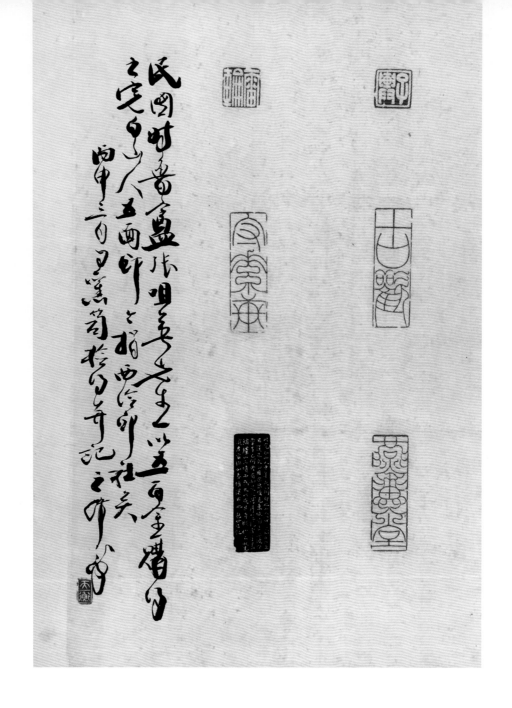

清邓石如刻"古欢"等五面印蜕

这是一件邓石如所刻的五面印印屏,第六面,为由他的学生,也是吴让之老师包世臣的小字长款,原钤印蜕与印刷者毕竟有上下床之别。惜今之印人能读到原钤印谱和实物的机会太少,邯郸学步,事倍功半。

此印原是现代藏印和藏谱大家张鲁盦的收藏,以三百金所得。1962年,他慷慨地将433部古印谱和1524方玺印,都捐献给了西泠印社。堪称义举、壮举。说到捐献,亦不免留下了遗憾。这捐献清单是先前即拟定的。以后,张氏又收集到有第一卷在内的明《顾氏集古印谱》,及胡曰从等明末大家的印谱约近二十种,未被西泠收去。"文革"突发,其夫人即赠给青年人唐某。我曾一一寓目,并有笔记。十余年前,日本在兜售这批印谱,知已流入东瀛。当初接受赠书时"按图索骥",乃有此失,如今想来不仅有扼腕之叹,宝贝走私了出去,于社、于国、于学人都是难以挽回的损失。兼记及之。

清黄易刻 "树端临本" 印

一位海外的朋友，20 世纪 80 年代初，作为外资企业的总经理在天津工作，因喜欢我的作品而结识。在天津时，于文物公司及私人手里收藏了颇多的书画印，也收购到叶恭绰先生的一些旧藏，此西泠前四家中黄易的刻印也在其中。

印文"树端临本"，旧谱未见，的是小松真刻。这"树端"也是有来头的，即乾隆时大兴翁方纲的公子，类其父，好金石碑版。此为黄氏请其手摹汉华山庙碑之馈赠。投桃报李，古风可颂。

此君知我好印，在十年前示我，说：如有用，送你。我说这不妥，岂能无功受禄。君笑曰：刻方鸟虫印送我如何？当然。印今已捐出七年，君之"两闲斋"不日将奉上，千万勿责我食言也。

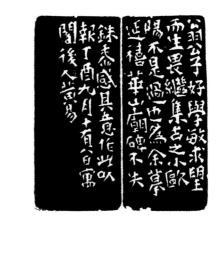

清曾衍东刻自用三面印

　　曾衍东，字七如，号七道士，嘉庆时山东汉子，人奇、字奇、画奇、印奇，甚于"八怪"。做官而不按规矩出牌，被谪戍，流寓温州，在当地倒是留下了不少的作品。解放初，方师介堪任博物馆长，视野开阔，吸纳百家，故所衷藏曾氏之书画印作甲天下。

　　此三面长方印，1962年得于温州古籍书店。价一元二角。未署款，有方师鉴题。

　　读此印，解人当可以玩味到他不论是在篆法、运刀和理念上的狂放不羁、不守古法而以自法法之。在画史，尤其是在印史几无位置，然其印、画背后叛逆求新的理念和粗放犷粝的手段，曾为吴昌硕所体悟，有吴氏的题记为证。江海浩瀚，不拒细流。巨擘缶庐是不迷信大家，不轻视小家，转益多师的典范，而曾氏得以名彰今朝，当视缶庐为知音。人殁作品在，尘涤珠显光。因此我谑称曾氏是百年前的千里马，而缶翁则是百年后之伯乐也。穿越时空了，一笑。

清吴让之刻自用五面套印

在五百年篆刻流派里，邓石如是颗耀眼的巨星。但无须讳言，开派的先锋不一定是成熟的典范，他的徒孙吴让之是邓氏篆刻的发扬光大者。"学完白不若学让翁"应是公论。当然，吴氏也是有创造性的，他的披刀浅刻，就是前无古人的独造。浅刻比深入当然省力，试想挖凵卄远累于挖个同等大的坑。但浅刻的难度在于让线条精准而浑脱，天下舍让翁则无人矣。

这组青田石套印，是吴氏的自用印，共六方，考察旧谱，知非一时之作，而是在三五年间陆续完成的，堪称推敲再三的精益之作。把邓、吴两家的妙谛兼得，应该可以获得一加一大于二的效果。然世上事，照抄照搬又不算大本事。"不可无一，不可有二"的古训，算把这事参透了。

清钱松刻吴凤藻印

　　看看这方印的边款，就知道，文人可以受刀的印石，其命运往往"多舛"。先是一位号"漱竹"的刻了，接着被子相磨了重刻，之后吴凤藻又将它磨去，请大名鼎鼎的钱松奏刀。这类状况清代很普遍，所以大名家吴让之为此常发牢骚。好在这方印是小家换了大家刻，若是磨了大家的请小家刻，岂不冤哉?

　　钱松被排进了西泠八家，既幸也不幸，其实他风格特别，是自成一家的。就以运刀的技巧论，他那慢条斯理，不急不躁的切刀里，间用冲刀和披刀，碎刀复短切，那宁静的似蚕食桑的节奏，是前无古人的独创。拙以为五百年明清篆刻流派史里，用刀最堪表彰的，当数吴让之和钱松。

　　此九字印即三种用刀融冶为一的佳作，朴厚、静谧、大气，有咀嚼不尽的金石味。十年前一中介打包送来，弃其四，取其一，钱照付，入豆庐。

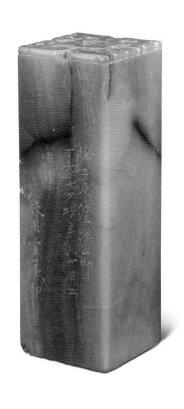

清徐三庚为龚心钊刻对章

印坛晚清六家中，徐三庚是极有特色的。以往在印坛里有两种声音：褒者谓其吴带当风，贬者谓其倚门卖笑。我分析是从篆法、章法和气质上着眼的，见仁见智跟品评者的审美有关，是一种没有裁判的争议，姑且听之。而依拙见，徐氏的运刀是出类拔萃的，较之吴让之辛辣，较之赵之谦峻朗，较之胡匊邻洒脱，较之黄牧甫鲜灵。凭这一招就足以笑傲古今。事实上吴昌硕在独辟新风之前，于清季前辈里吸取养料较多的有徐三庚。缶翁成熟期的印风，乱头粗服，古苍浑濛，一无依傍，然而对印的边栏处理，上方一根往往粗干底部，隐约地就有着徐氏的习性。可见，能给天才的吴昌硕留下一点痕迹的人，都应该算是厉害的。

此对大章是刻给龚心钊的。其后人龚老太在一九九二年时，要以二万元出让给海外来客，高式熊先生知我好印，硬是为我截留了下来，感恩。

清任伯年"颂菽"印

　　自明季文彭首创将青田石引进印坛，先前"啃"不了铜牙材质的文人，都如饥似渴地一窝蜂地舞刀刻石。若李流芳、归昌世辈，刻印到了手舞足蹈、不亦乐乎的痴癫地步。诚然他们也只是作为诗文书画的余事，这一风气却是一直沿袭到现代。以上海为例，画家张大壮、陆俨少、唐云、程十发……都有刻印的经历。只是不为非不能为，不屑为也。

　　记得1978年在北京，李可染先生出石两枚，嘱唐云先生刻"白发学童""师牛堂"。值我去拜望，唐先生指着两方半成品，说：来得正好，两方印刻勿下去了，你来帮忙，我好交差。

　　任伯年早年是会刻印的，史有记载。1983年在上海文物商店内橱，见到这方仿古玺的小印"颂菽"。边款文字参魏碑，署名"小楼"，印面少参照，而款字则是任伯年早年用的字号，书风也与他早年的无二。此外，推想作伪者以他人不知晓的字号，造粒小印去蒙人，成本不低，得利无几，决然以一千元打八折购下。记得，在以往出版的印谱里，读到过唯一一钮署款"伯年"的印，我至今疑其讹。这方印，当是任氏篆刻里留下的独子王孙了，我自信地认为。

清胡匊邻刻 "梁园旧客"

　　篆刻家有两类，即使大家亦如此。一类是成熟后，风格基本固定，有着鲜明的二三程式，如是者众；一类则始终处于不安分守旧、变化多姿的状态，此类人物历来极罕。以晚清六家论，吴让之、徐三庚、黄士陵、胡匊邻属前者，独赵之谦则属后者。

　　胡氏印风，白文细刻，是显著特点。然偶生别调，也属可能，此印即反常之一例，白文粗刻，还参以汉铸印并笔之法，款署丙午年（1906），在胡氏印作中属孤例。因视其用刀及气息与胡氏吻合，即收入囊中。甲申年（2004），凑巧薄游平湖之莫氏山庄，细读山庄文字介绍，知"梁园旧客"即山庄主人莫季平之别号，与胡氏皆嘉兴籍同乡，在20世纪初叶，亦有交谊，从而确定此印的是胡氏所镌。狐疑多年，一旦坐实，其乐可知。须知，学问有时是走出来的。

署香补款的吴昌硕刻印

2001年，寓所由繁华的南京西路搬到了泰兴路，儿子无极陪我散步时，多去跟原先路途差不多的南西古玩城。那天，一位姓丁的店主邀我小坐，见橱里有一盘印章，问有好的不，丁说："没啥了，是拍卖行和你熟悉的一位篆刻家拣剩下的。东西倒是高邕之家里出来的。"这最后一句话点燃了我的兴致，说不妨拿来看看。第一方抓上手，印面刻"邕"，边款两行，署名"补"。嘿！早年吴昌硕。推算一下是他三十岁的作品。"香"作"皀"不易为人识，且款字也别于他蝉蜕龙变后的那一路。开门的真品。心里窃喜，兴趣陡升，继续对"剩品"察看，又拣出两方非吴氏不能作的小印，小中见大，刻得极佳，惜未署款。

一次溜达，得缶庐早年印三钮，天赐良缘。且"香补"署款为缶翁书画印里所仅见，足补史料之阙，尤具价值。询价，老丁说：都是拣剩下的，一方一百，三百元吧。付款致谢。印旋交付儿子收藏，这叫陪走有赏嘛！

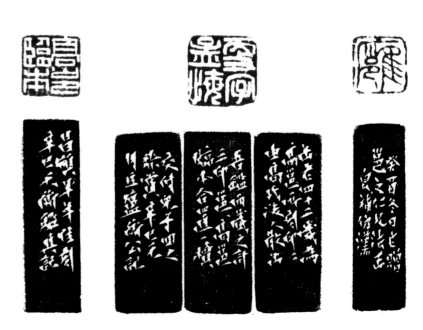

吴昌硕"安平太"印

　　《道德经》第三十五章有句："执大象，天下往，往而不害，安平太。"吴昌硕在其篆刻风格的高峰期，取"安平太"三字刻了这方印。从史料考证，可知此印为自用，后送给忘年的诗友诸宗元，我即是二十年前由中介收得。这方印是吴氏开创"做印面"的代表作。印刻得极深，一点八厘米的圆印，深达四毫米，从而为披、削、斫、破种种手段的并用兼施，去营造空灵、虚脱、古茂、天成的风神。其实破印面不难，难在破而不杂碎，破而出神彩。故近百年学缶庐"做印面"的人无数，却成功者鲜，其难可知。做印面是吴氏空前绝后的创造，而灵感则来自于"汉烂铜印"，他虔诚地学习古人的印艺，更注意到天工对入土铜印腐蚀锈烂的异趣。从人工加天工的"两度创作"里，他睿智地化腐朽为神奇，开创了乱头粗服，古浑雄强的印风。单善学又擅化这一点，就给了我等后来攻艺者太多的启迪。

吴昌硕刻"试为名花一写真"印

　　"试为名花一写真"是吴昌硕光绪九年（1883）的作品。在这之前的几年里，他已经开始了"做印面"的新尝试，且成就卓著。就以他34岁时刻的"俊卿之印""苍硕"两面印而论，他已悟到了"汉烂铜印"的妙谛，他所称的"烂"即是看清了当初人工制作与埋于地下近两千年的自然锈蚀，产生的人工复天工，营造出的奇妙艺术效果。对于"烂铜印"，近人罗振玉就以为不足取，不可学。而吴昌硕却别具慧眼，化别人眼里的腐朽为神奇。从"烂"字里提升出一个"神"字来。

　　然而，出于受者的需求，也许是作多元的探索，此印却有着皖派、尤其是徐三庚的某些特点。此印的边款寓有晋人的意韵，也是大别于之后的刻法的。这对我们剔除机械、僵化、简单的思维，多视角地去观察、学习、研究、鉴定古贤的印作，当是有启迪的。

吴昌硕刻关棠对章

这是吴昌硕为汉阳（今武汉）关棠刻的对章，使用的是青田石里老性的菜花黄，两印均作朱文（或均作白文）倒是汉代的约定俗成，今人刻印则每取一朱一白。对章的另一方"文澜阁掌书吏"是指关氏当时担任着杭州清廷文澜阁的"馆长"。刻印时缶翁四十八岁，正是印风独造，印艺出跳的好时光。印蜕在吴氏的多种旧谱里都有刊载。也许是一印上方残一角，旧谱里也多散在两处。

几年前见拍卖行有"汉阳关棠"一印拍卖，从图录上看，石似用巴林，颇可乱真，据说还卖了好价钱。其实作伪者知其一而不知二，又未见原印，故能欺世牟利。如今市面伪书画印充斥，今之印章作伪，高明者则非先前的人工摹刻，易显差别，而是采用高科技钤印蜕复制上石，以电脑精刻，随后，懂行的刻家再运刀修葺底部（朱文多如此），非精研印艺者不可辨，故好藏印者宜慎之又慎。

清黄牧甫"死后"所刻印两枚

　　1990年有皖南之行，旋去歙县，张姓朋友说，手里有黄牧甫印两枚，因为边款上刻的年款是其死后的，故而在安徽转了二年也还未能出手，我请他取出一看，我看了印及款字（署为戊申，即1909年），及受者是他的同乡画友，确定其真且佳。须知，民国时不乏有几位伪造黄氏印作者，然自有上下床之别。询价，说反正卖不掉，你给一千五百元，再送我一副对联即可，应允。此两印不容怀疑，我是充满自信的。随后开始寻访，去了黟县黄氏后人处，称无家谱，先人记忆说是死于1908年的春节时。足见卒年是缺乏原始文字记载的。后又先后翻查所能见到的海内外黄氏书画印作，得见作于1908年中期乃至署有"年六十一"的印款的作品数件。从而佐证了两印确非"死后之作"，也将我编著的《中国印学年表》把他先前给扣掉的一年给补了回来。史料时有出乎意料者，此即一例。

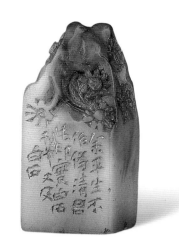

齐白石印款上的声明

　　都说白石老人爱钱，努力地画画写字刻印章，不教一日闲过。在他那时候的名家里，他创作的数量之巨，是无人匹敌的。说也奇怪，量太大，价会廉，而他的价位却一直居高不下。其次，量太大，难免就有代笔者，历史上的文徵明、董其昌，由他人代劳，早已不是秘密。近人溥心畬就有这样的趣事：一个求画的老官，在门外遇上他，说请您画的好了没？他说：里面正在给你画呐。回答得理直气壮，毫不含糊。

　　齐白石刻印请学生代刀的事，也时有耳闻，也有人称是为他代过刀的。不从鉴定的角度着眼，这些也无须深究。但齐老人是"你骂我，我也骂你"那种极较真的，在这副对章的边款上他刻道："余平生不作伪，清君此印实白石刊也。"俨然是一通告白天下的声明。但此时，他却忽略了一点，多刻的这十五个字，却是向"清君"收不来银子的。

唐醉石刻大对章

　　唐醉石先生是西泠印社的创建人之一，挟一流印艺走南闯北，是20世纪中叶驰名印坛的重要骨干。其印宗汉而法浙派，有别于彼时的浙派领军人物，用刀阔绰，气宇轩昂，英爽之气，非他人能比肩。

　　小可我不识荆州，而先生对我有恩。1984年，其公子达康忽驰书告我往事：二十一年前，我父亲于西泠印社展上，在你的印屏前审视良久，曰："此人二十年后，当是印坛巨子。"因我父亲平素极少赞赏别人，故我特意记下了你的名字。如今，正证明了父亲的眼光……虽与唐翁父子皆无交际，然读到这封信件，依旧心潮涌动。不才如我，是何等的幸运和幸福，年轻时，居然有偌多直接、间接的师辈关爱、期许。人非石木，岂能不叩拜感恩。正是有他们的殷殷期待和鞭策，使我心无旁骛，虽年迈近八旬，还努力地作学童般不计收获的晨耕。

　　1995年，在浙江余姚、慈溪间的底塘，有一古玩集市，甚有人气，也多有可收藏的杂件，此对唐翁所刻代表作，即在一小店所见，店主几人在搓麻将，询价称三百元，喜不自胜。记得曾撰一文，刊于《西泠艺丛》。社兄朱恒吉告我，"文革"前，他尊人见过，因索价太昂，未能购藏。二十年后，被我以不能想象的价格所得。是唐翁与我的宿缘吧，这也许是最好的解释。

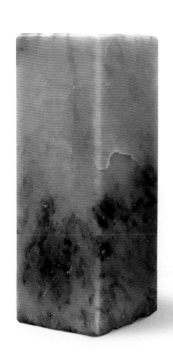
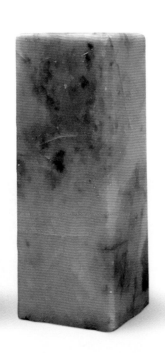

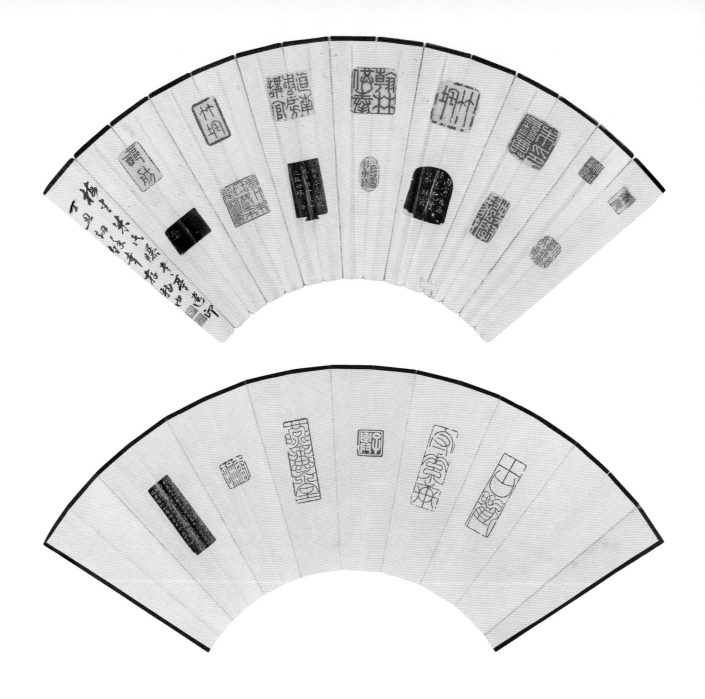

葛书徵粘贴的印箑

　　用印章汇集成谱，是北宋时的杨克一的首创，比明末时序记里开始"艳称"的《宣和印谱》要早。据我的考证，《宣和印谱》是明末文人臆想出来的，子虚乌有，历史上并无此书。

　　明代后期，文徵明的长子文彭是篆刻家，一次偶然见到晶洁能为文人篆刻的处州灯光冻（青田石），忽发奇想，用以作印材，从而大批好刻印的文人，一呼百应，挥刀刻石为乐。继而集古、集己、集时人的印谱迭出，浪起潮涌，蔚为大观，开启了辉煌明清流派史的历程。四百年间，钤拓的印谱不下四千种。

　　而将印蜕结集粘贴到扇面上，则是民国间的做法，对原先仅作书画的扇箑是一种拓展。这是当时大藏印家葛昌楹等制作赠友的两箑，非作商用，故所见不多。至于印屏的普遍制作张挂，则是近几十年的又一新形式了。

钱瘦铁刻"数风流人物还看今朝"印

　　这是钱瘦铁先生以小篆所刻"数风流人物还看今朝"。我一直认为用小篆文字刻白文是吃力不讨好的。小篆的圆畅，留下许多像剪纸残留的有棱角而突兀的红块，易生章法的涣散。事实上，五百年篆刻流派史上，以小篆白文入印而称道者也就邓石如等人的个别数印。然而，钱氏却知难行难，表现不凡，红白相参，意外妥帖。我私以为他是胆气充盈，运刀醇而厚，又巧运汉铸印自在的并笔，让原先线条间机械的"线"化之为"点"，从而统一了字与空间的协调性。这也算得是他在"计白当黑"上的一种创造。

　　印人用刀，如乒乓国手，有法无法，因人而异中自有道之存焉。考察皖浙吴赵诸家，深刻不若浅运易得朴厚，然也有不学而天纵其才者，当代老辈印人唯钱匡得之。

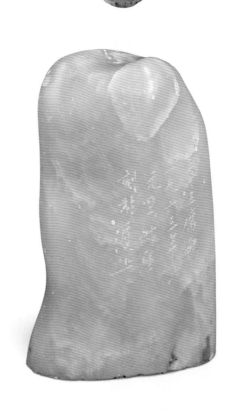

邓散木刻"两寓花桥"

　　"两寓花桥",为邓散木刻赠柴丈之英者。丈暮年所见赠。邓氏刻印师赵古泥,沿其印风,有出蓝之誉。邓氏篆刻有名于时,真、草、隶、篆四体皆擅,足以与我师马公愚先生匹敌。朱复戡翁,晚年多次与我说一笑话:20年代中,邓散木托马公愚先生作介,执意拜朱氏为师,请饭时,邓见朱与其年龄相仿,竟不言拜师一事,对邓之瞬间"变卦",朱翁谈吐似局外人,颇见坦荡。

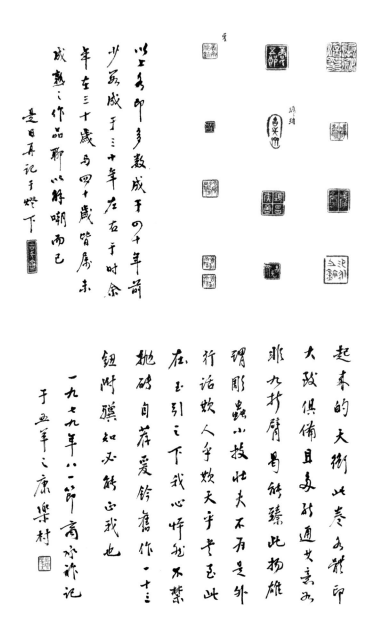

商承祚的题记和印蜕

　　1979 年有羊城之行，稚柳师写了推介信，让我去拜望商承祚先生。行前师告我，这先生有点怪，还给我举了一例，说一次约好时间去他府上相聚，在将进门前，只见本在闲散走动的他，忽地扑到自己的座椅上，一付正襟危坐的架势，威武得像县太爷坐堂。其实，他这段行径，被老师从他家的一面大镜子里都看得一清二楚，说到此，老师吐了五个字：嗨！岂有此理？

　　我趋中山人学他府上拜访，老先生很客气，读了我呈上请教的印谱，讲了些表扬的话，我以为都是场面上的客套话，告辞时，先生说："印谱可否留下，过两天来取如何？"当然。谁知两天后，商老居然写了件长卷，不仅费了笔墨揄扬了我的印艺，还居然寻觅出他三四十年前刻的印章十二方（含连珠印一方），钤于卷后，他在卷末写道："在玉引之下，我心怦然，不禁抛砖自荐，爱钤旧作一十三钮附骥，知必能正我也。"捧读到商老的卷题，他褒掖后学，谦逊和蔼得让我感动。尤其是还要末学去指正……此时，我忽然想到稚柳师的五个字：嗨！岂有此理？

来楚生象牙微刻佛像印

　　近现代印坛里名家辈出，也有偶作肖形印的，多欠佳。依拙眼所见唯香港丁衍庸、海上来楚生为白眉。丁氏为"老海龟"，学西而不拒中，吐纳东西，肖形印的创作中尤见突出，思接三代，简中具高古。来负翁之肖形印乃借鉴两汉，似从画像石、砖虚脱趣中化出，妙在刀锋显现，舍形而攫神。两家之生肖印同样的妙于做减法，兼则做除法，而情调大别，丁氏作类商玉，来氏作若贞石。堪称一时瑜亮。

　　此平生所见来翁最微的佛像印，印面仅 0.25 厘米 ×0.5 厘米，似绿豆般大，且是象牙材质，显示出不凡的技艺。此三十年前购古砚时搭送，因店主不知"楚凫"为何人也。艺术品这东西，不识者卑若桂圆核，识者则珍为黑珍珠，足见知识之为利器也。

陈巨来刻"寒香室"

寒香室，为陈巨来所刻，满白处理，而于"室"字下端留一片红，呼应"寒"字下方之红三角，巧思，全印则去平板见生机矣。

印石为将军洞上品白芙蓉，有趣的是四边皆有款记。最先为省荃刻给闵园丁，接着磨去为徐新周作，再后是1964年秋昌伯者复又磨去印面请钱君匋作，不三月，此君再磨去请陈巨来刻此"寒香室"。试问印人，作面面观，有何感想?

其实此类事不鲜，甚至有将缶庐所制，磨去请胡匋邻重刻之事。故古人往往将刻过印文的印石入火，烧至坚硬似灰玉，即是恐被磨去而重刻也。

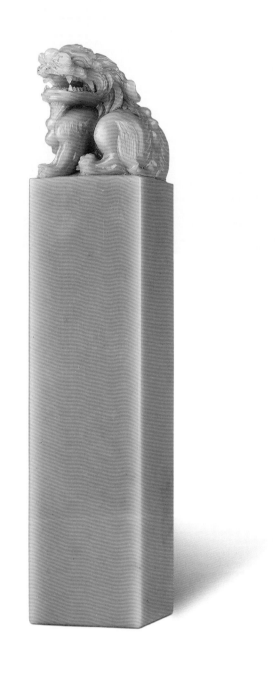

青田周村竹叶青石

　　青田石，据清初周亮工的记载，是首先被明代文彭发现并引进印坛里的首选石种，文彭创导，文人分从。所以谈到篆刻流派印章的崛起，这一人、一物，都是功臣。

　　青田过去多名品，灯光冻、封门青、兰花冻、周村石……都是妙品，即使不纯正的也都是印家得心应手、心手双畅的佳材，20 世纪五六十年代初，温州（当时青田属温州辖区）市场上有的是。记得有次海军部队的队长，要我去市里邮局为他领取包裹，邮局讲没有本人的印章不能取。我随即去边上的石摊上，化二角钱买了方不错的周村印石，立马刻上队长的名章了事。队长拿到包裹，还多了方印章，喜出望外。

　　产于周村的印材，不是坑掘深挖，而是从仅产于周村的深赭色球状龙蛋石里剖出的，色青而偏兰，艳靓可人，但大章难得，这方长十五厘米的周村石，为萧山友人所赠，喜欢。但周村较封门青要硬摩氏半度，难啃些，与寿山的汶洋石相类。这些微的感觉，不是印人当是体会不到的。

寿山彩虹旗降冻石

　　寿山石产自福州之寿山村。以此村为轴，四周也产佳石，若明末即被誉为三宝的田黄、艾叶绿、白芙蓉，白芙蓉即出自它村，而艾叶绿的坑口，至今还是不解的谜团。旗降石为寿山名品，产量少，而如图之"彩虹旗降"冻石，历史上仅在 20 世纪 80 年代出过几公斤毛料。时由名家郭功森雕成印石几方，然而均被购往台湾，故偌多雕钮家及藏印家，多知其名而不见其物。改革开放，国强民富，台湾藏家携来海上求售，名石名雕始初展芳容，亦石缘也。

文　献

明张灏《承清馆印谱》模本

作为印人，安身立命，要有点成绩，借鉴优秀的传统，如周秦汉魏玺印、明清流派篆刻，是不可或缺的。犹如乳汁对婴儿，也如食粮对人生，都是不可也不能离弃的。即使励志出新，也务必先得推陈。

出于此，我素来注意对古印谱的收集借鉴。说桩《承清馆印谱》的事。此谱成书于1617年，是收辑明代中后期著名印人们的第一部结集，存世极少。我曾先后读过张鲁庵（捐西泠印社）收藏的印蜕下未署作者姓名本，读过上海博物馆署作者姓名本。据我的研究，署姓名本在先，删署姓名本为再钤本。主要原因，当是那批有时名的文人，嗜刻印，又羞于以印人名。有呼吁，故辑者张灏只得删去姓名，改定版式后再钤印成谱。

这难得的四百年前的善本，居然在2016年出现了两部，嘉德拍卖行一部为未署名本，日本一拍卖行为署名本。遂命儿子赴日本东京竞拍，如愿而返。再细作比勘，日本之署名本竟是上博本及张鲁庵本此两种之母本（模本），因此两部印刷之楷书文字，皆据日本之手书字精意摹刻者，故尤显其珍贵。嘉德本拍出价逾百万，而日本本，付款未超四万。老天爱我好书人，幸甚至哉！

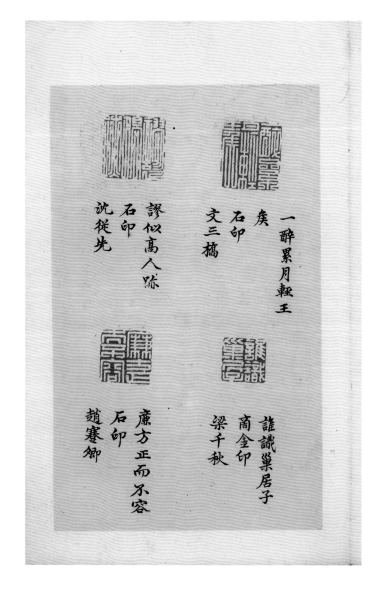

明张灏《承清馆印谱》

少小刻印，留意于印谱及印学。约莫在 1980 初，先后寻访阅读的已达千种。1982 年西泠印社委我编著《历代印学论文选》，我提出要阅读张鲁庵先生捐出的四百多种古谱，以广辑录。故得以入库房禁地读书。那时，晨八时捎两馒头、一瓶开水、二盘蚊香，将我锁进库房，下午五时开锁出库。盛夏的葛岭，潮湿、闷热、蚊叮、虫咬、汗熬。彼时一无新式复存装备，对阅后可选用的正草隶篆俱有的序跋、文章，都得用钢笔一字字地识读抄录，出了库房，匆匆晚饭，躲进湖滨小旅社六角钱一夜的单间房，誊清文稿，推敲那些旧文人自以为有才，书写的那些古体、异体、别体、死字，乃至刊印中的错讹字。一豆孤灯伴着杭州夏晚的奇热，每到半夜两点，方发狠搁笔休息，因明日还有紧张的新功课。如是一月的"囚禁"，攀岩书山，搏浪印海，新鲜、亢奋、充实。试想，天下几人有此机缘？苦累不假，但这苦累是福分，太值了，至少在知识的层面，我像是中了大奖般地庆幸和富有。如今回味那段难忘的岁月，嘴里依旧还会渗出清新的甘露。

这是那时进库房选读的第一部印谱，重要。里面序跋就达到四十余篇。近年我幸得同一版本的此谱，才知道，张氏的藏本，缺了两页，少了印蜕八方。多读未见之书，真好。

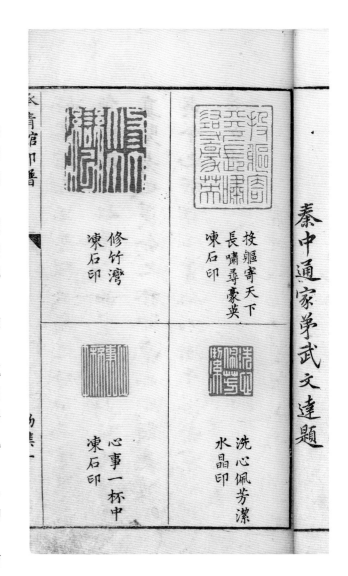

明张灏《学山堂印谱》

　　如今我们在印学领域里，能读到近七百种的上古原钤印谱，近四千种的流派原钤印谱，真该感谢那些不甘寂寞、耗心费神，旨在传承的辑藏人。正是这些篆刻经典，使我们的印文化走在一条康庄大道上。

　　说到流派印谱，历来艳称"三堂印谱"，这就是明末的《学山堂印谱》、清康熙时的《赖古堂印谱》和乾隆时的《飞鸿堂印谱》。

　　这部明《学山堂印谱》六册本，是张灏的辑藏，也是他编辑《承清馆印谱》后，藏印大量扩容后的另一辑本。成书于1631年，存印1129方。二年后获藏达2032方，所以又辑有十册本。

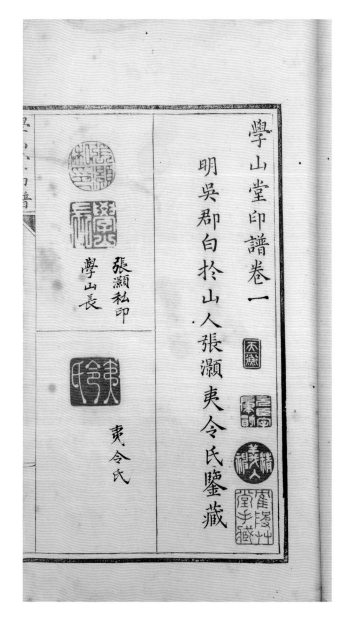

　　此谱汇辑了明末一大批著名印人的篆刻，足可以称之为明代的印风大观，可惜的是彼时的印家，都有书画诗文的主业，"素弗以其显，故不具载其姓氏"，作品隐去了作者，这为后世作为个案乃至整体，深入研究明代的篆刻史，带来了太多的空和缺，这可是永远不可挽回的损失。

　　此谱1988年购自天津古籍书店内库，价一万。当时是颇大的数目。印人对于印谱，如鱼之于水，而此谱对我而言，诚是一汪泱泱碧湖，即使饿我半月，寒我一冬，缩食节衣，也得毅然拿下的！

清周亮工《赖古堂印谱》

周亮工的《赖古堂印谱》也是五百年流派印章史上一部至关重要的印谱，是"三堂印谱"之老二。缺憾是有印蜕而均未注明作者。但周亮工是识见极高的文人，对于书画印都有超凡的鉴赏力，笔头也勤快，亏得他留下了一部《赖古堂别集印人传》，使我们能赖以厘清许多印坛的人事和脉络。他自己都没有想到，这信手记录的明末清初的诸多印人、印事、人事，对研究流派印的初生期有无可替代的历史贡献。诚然对艺术的品评，总不免受到亲疏好恶的干扰，或拔高，或抑低，也难免。但他在书里对黄济叔的至高评价，而我后来读到黄氏的印作，吃惊到怎一个"俗"字了得！是审美？是阿好？是怜悯？还真弄不明白。

由于周亮工在艺苑的广泛影响力，他辑藏的时人印作，集中地反映了那一时段篆刻的整体水准，五彩缤纷，极有价值。谱内名人的题记也多，刊刻的水平尤其精严，诸如上接两汉正脉，给先前上千年文人书隶板结僵硬陋习画上句号的郑谷口，他以隶书抄录的序文，那面目一新、洒脱灵变的韵致，都获得了逼真的体现。这刊刻的巧匠，如今已不复有了，即使有，也是聋子的耳朵——无用。

此谱 2005 年意外地得于日本古书铺，间有散脱，然镜破不减其光，三百余年前的珍本，犹可宝也。至此，梦寐以求的"三堂印谱"总算团聚于豆庐了。

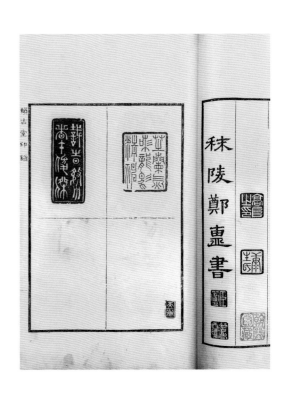

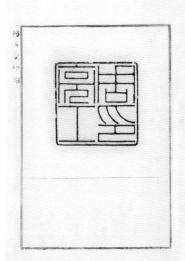

清《丁蒋印谱》

我自六岁刻印，好兹念兹，由刻印求知而心系作为老师的名家印谱和印学著述。无力多购求，六十年如一日，天南地北，海内外访谱，既读兼记，前后读了民国及先前古印谱、印著约四千种，集腋成裘，《中国印学年表》的出版，内容多出自历年史料的汇辑。

访书读书不易，是大海捞针的活。记得 1987 年，访书天津图书馆，图书管理员问："要啥书？"我说："讲不出。"此人忿然，说："你来开玩笑。"陪侍的弟子介绍说："这是上海的韩天衡先生。"他居然有所知，和气地问："读书咋不知书名呢？"我告之："知道书名的印谱大都读过了，想读些未见之书。"遂请进内室，翻阅书目卡片，竟然读到了被乾隆下旨焚毁的，康熙癸丑年（1673）原版《赖古堂别集印人传》，从而纠正了道光、宣统版《印人传》中的诸多讹误。访读到未见之书，对我而言，一无乞求黄金屋、千钟粟、颜如玉的奢望。只觉得渴极时，有人送来矿泉水；饥饿时，端端出了一盘东坡肉。这滋味也许只堪自己品尝。

此原拓丁敬、蒋仁的《丁蒋印谱》，1978 年得于天津，价十元，不贵。但比起 1956 年在上海古籍书店买程瑶田的《汉印谱》不算便宜，那本印谱才花费了我六毛钱。

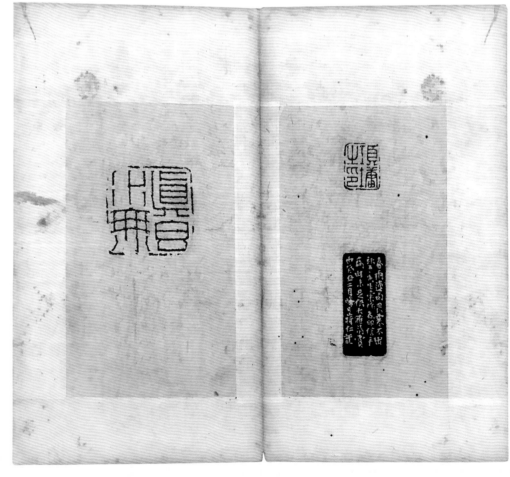

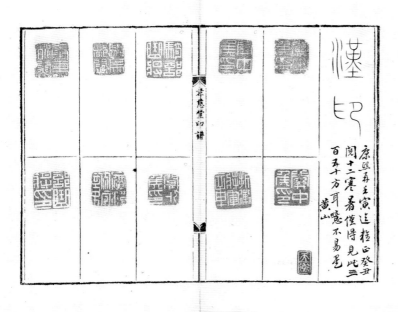

道光己亥春日道出任城导小松漢
铜印數冊此其尊人松石先生所輯
白題云十二年見此三百五十方頗覺
不今觀冊中官本多智見者蓋
羅誠斯瓣事也距松石題字時幾兩閱
甲子矣燕庭志于木蘭軒舟時泊
浮王山前贈風八景首

漢銅印譜二冊錢塘黃氏松石小松父子所輯者
也松石名樹穀所輯曰孝慈堂小松之六蓮菴閣
則煊赫海內久矣小松官東河久具後人多在濟甯
道光季年常熟知縣李君為政清平卒於
己人思之建李公專於桃源澗君濟甯人小松
先生外孫也余數過濟甯訪黃氏子孫不可得此
印譜乃劉燕庭物浮之京師曰并藏為一冊版生記

清孤本《孝慈堂印谱》

　　在以往的印谱史上，最扑朔迷离的无过于《孝慈堂印谱》了。历来纠缠，大印学家罗福颐没搞清楚，称"未见"，又说"此谱即毗陵庄氏（同生）藏印，吴门薄氏手拓者"。日本大藏印家太田梦庵也称是清初庄同生藏印，"官印程氏师意斋物居多"，师意斋主人程从龙较庄氏晚出约百年，岂有后人传给前人之理？

　　1986 年在广州集古斋，闲来翻旧书，在已售给日本人的一大堆古籍里，居然见到了这部魂牵梦绕的《孝慈堂印谱》，翻阅一过，谜团尽释，此谱乃黄小松之父黄树毂所藏辑。经理老邝乃老友，告其此书为海内孤本，当以球图视之，千万千万不可流出国门。邝兄明大义，遂果断抽出，以出口（日方已付款）价二万元，归吾豆庐，付钱甚肉痛，得宝何快哉，殊为痛快。

清汪启淑《飞鸿堂印谱》

　　汪启淑是乾隆时期的印痴，祖籍安徽，寓居杭州。做个闲官，也有闲钱，又有闲空，一辈子的心力都用在集藏古玺印和流派印上。他痴得真诚、执着，不跟金钱挂钩的痴，是真痴，可爱的。他一生先后将藏印钤辑了二十七种印谱，为古今之冠。但今天我们能读到的仅剩下一半而已。痴人才有惊人壮举，他辑藏的《锦囊印林》，小，小到可放在手掌心里（高7.8厘米，宽5.8厘米）。他辑藏流派印人的印作《飞鸿堂印谱》，大，大到史无前例的五集，二十册，四十卷。辑同时代的大批印人印作，收印3496方。小或大，至今皆无人突破。这本印谱编纂周期达三十一年，其中的曲折、繁杂，非痴人是无以坚韧不拔地完成的。前人将此谱纳入"三堂印谱"，实至名归。

　　此谱为丁敬、金农校定。然细加考订，谱中所收入的丁敬印作竟有伪品。此谱成书于1776年，丁、金先一二年去世，此中或可悟到些消息。

　　此谱1988年得于天津，厚厚的二大函。在印谱类里，按国家给西泠藏谱的评定，"三堂印谱"可都是国家一级品噢，其珍贵毋庸多言。

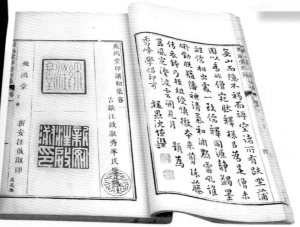

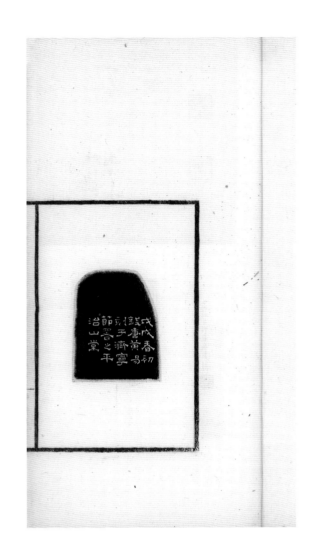

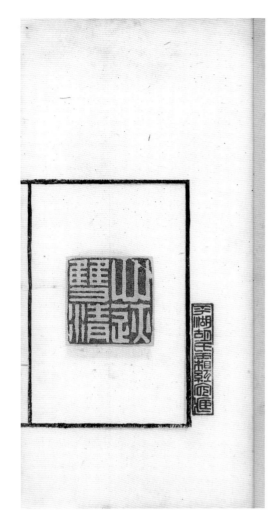

清《黄秋盦印谱》

黄易字小松，号秋盦，为西泠前四家之一。生前辑谱仅见此本。印有拓款，也为印坛滥觞，尤可宝也。"文革"中，陆师维钊大学时同学杭州师大教授胡士莹先生持赠。可贵者，除前人题记，复有陆师等以蝇头小楷所作评语。

胡公见重，赴杭或来沪，必邀宴，前后嘱刻印多钮，彼时讯息迟滞，公殁后许久方得噩耗，时尚有未呈上的小印三方，呈送无门，遂置于煤球炉中禁毁，自忖，如真有天堂在，胡公当收得此物矣。事虽愚，心则至诚也。

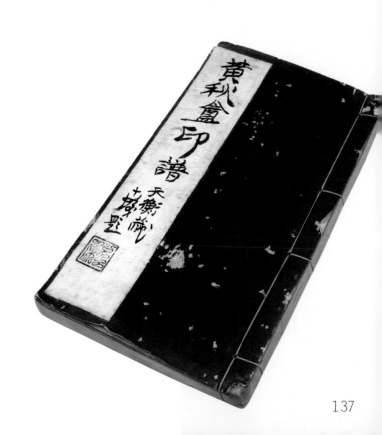

徐熙、丁仁集辑《秦汉印玩》

　　集秦汉原印钤谱，始于明代上海人顾从德的《集古印谱》六卷，存印一千六百余钮。为篆刻艺术的印起八代之衰，明清流派印的蜂拥崛起，从而形成双峰耸立的局面，提供了充裕的、不可或缺的周秦西汉的优秀传统。

　　自此而降，集古印辑谱风气益盛，近五百年来，集古印谱当不下七百种。而其中存印最多者，当数清代同治时（1872年）陈介祺编纂合吴式芬、吴大澂等七家印，钤成的《十钟山房印举》其中最多的一种，达一百九十余册，存印逾万，皇皇巨制，空前绝后。而就我六十年访书所见，《秦汉印玩》当居次席，存印 3251 钮。当然，它不同于陈氏的集藏印钤制，而是徐熙、丁仁两家以所藏、更多则是友好处钤盖和汇集古来残谱剪辑而成，集腋成裘，聚沙成塔，前仆后继，诚非易事，当然，其中也偶杂伪讹之品。

　　此谱于十五年前得于日本东京神保町饭岛书店，价日元六十万（合当时人民币四万八千元）。店主饭岛夫妇，知我好集旧谱，每得佳谱都储存付吾，盛情可感，今则老衰不复能见矣。唉！书寿如彭祖，若是遇到好人、好运，有寿八百的。人不行，康熙想再借五百年，谁能借他？

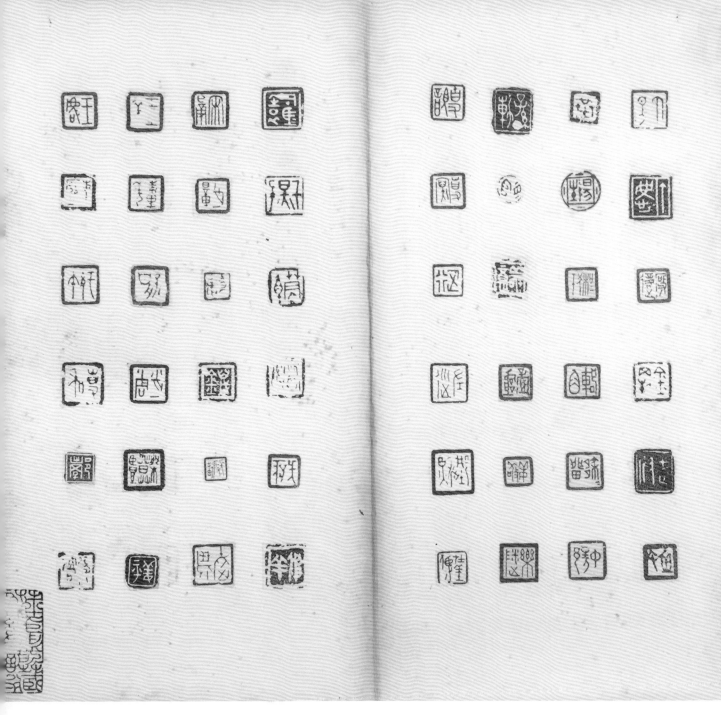